柴田元幸［編著］

Adventures of
Adventures of Huckleberry Finn

『ハックルベリー・フィンの冒けん』をめぐる冒けん

研究社

あいさつ

『ハックルベリー・フィンの冒けん』てゆうホンヤク本をよんでない人はおれのこと知らない、とはかぎらなくて、そのまえに出たいろんなホンヤク本で知ってる人もおおぜいいるらしいんだけど、まあそのへんはどっちでもかまわない。『ハックルベリー・フィンの冒けん』はシバタ・モトユキさんてゆう人がつくった本で、まあだいたいはただしくホンヤクしてあるらしい。おれはニホンごよめないけど、ともだちのクマダカメキチがそういってた。ところどころゴヤクもあるけど、まあだいたいはただしくホンヤクしてあるとカメキチはいう。べつにそれくらいなんでもない。だれだってどこかで、一どや二どはゴヤクするものだから。

で、シバタさんがホンヤクして、研究社（このかん字、おぼえるのすごい厄介《トラブル》だった……）ってゆうところではたらいてるカネコ・ヤスシさんてゆうへんしつしゃが本にして、なんでもけっこう、よんでくれた人がいたらしい。で、カネコさんがいうには、よんだ人たちが、この本のことをもっと知りたい、ハックルベリー・フィンてゆう子のはなしをもっとききたい、とかいってきたんで、ならこのさい、『「ハックルベリー・フィンの冒けん」をめぐる冒けん』てゆう本をつくろう、とカネコさんがおもいたって、シバタさんをけしかけた。そうやってできたのがこの本なわけで。

だからこの本には、おれやジムのしゃべるコトバがどれだけまちがってるかとか、おれのことやマーク・トウェインさんについて世の中の人たちがいままでどんなことをいってきたか、とか、おれもへーとおもうようなことがいろいろ書いてある。そんなの知ってどーすんだよ、とおもわなくもないんだけど、おれとジムが川をくだってもう200年近くたつのに、おれたちのこと知ろうとしてくれる人が、ニホンてゆう国にそれなりにいる（と、すくなくともカネコさんとシバタさんはおもってる）ってゆうのは、なんかすごいなあ、とおもう。

ハック・フィン。

もくじ

この本について

この本は四部から成っている。第I部は「『ハック・フィン』入門」。『ハックルベリー・フィンの冒けん』とは要するにどんな本なのかを伝える。『ハック・フィン』についての基本情報、『ハック・フィン』第1章の英語の詳しい解説、『ハック・フィン』ミニ英語辞典などを盛り込んだ。

第II部は「『ハック・フィン』をどう読むか」。これまで書かれてきた代表的なハック評、現代アメリカ作家による書き下ろしの『ハック・フィン』観、今回の新訳『ハックルベリー・フィンの冒けん』の書評などを収めた。

第III部は「『ハック・フィン』から生まれた新たな冒けん」。「ハック・フィン続篇」とも言うべき作品群を紹介し、その中の、『ハック・フィン』を現代小説として「書評」したノーマン・メイラー1984年の文章と、数々の続篇の中でも屈指の傑作と思えるジョン・キーンの短篇「リヴァーズ」は全訳を掲載した。

第IV部は「『冒けん』に入らなかった冒けん」。マーク・トウェイン本人が書いた、『ハックルベリー・フィンの冒けん』の一部となっていた可能性のある文章を取り上げる。編集段階で削除された「ジムのユウレイばなし」と、作者トウェインが別の本に流用したため多くの版では省かれている「筏のエピソード」を全訳掲載した。

邦訳は、特記なき限りすべて編訳者。

編訳者

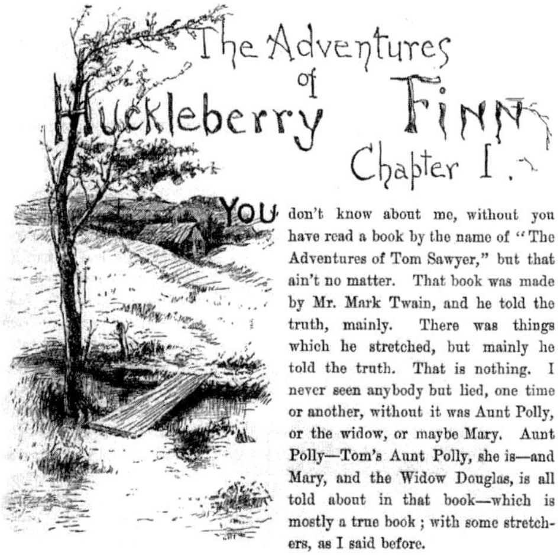
The Adventures of Huckleberry Finn

Chapter I.

YOU don't know about me, without you have read a book by the name of "The Adventures of Tom Sawyer," but that ain't no matter. That book was made by Mr. Mark Twain, and he told the truth, mainly. There was things which he stretched, but mainly he told the truth. That is nothing. I never seen anybody but lied, one time or another, without it was Aunt Polly, or the widow, or maybe Mary. Aunt Polly—Tom's Aunt Polly, she is—and Mary, and the Widow Douglas, is all told about in that book—which is mostly a true book; with some stretchers, as I said before.

I

『ハック・フィン』入門

ハック・フィン基本情報

『ハックルベリー・フィンの冒けん』の英語

『ハックルベリー・フィン』第1章徹底読解

ハック英語辞典

『ハック・フィン』名場面

ハック・フィン基本情報

ハックルベリー・フィンとは

マーク・トウェインの『トム・ソーヤーの冒険』(1876) に登場し、続篇として書かれた『ハックルベリー・フィンの冒けん』(イギリス版 1884、アメリカ版 1885) では主人公兼語り手となる、(ほぼ) 浮浪者の少年。推定年齢 13 〜 14 歳。

『トム・ソーヤーの冒険』でのハックは、学校へも行かず自由気ままに暮らしているので、村じゅうの男の子たちに猛烈にうらやましがられ、母親たちからは「あの子と遊んじゃいけません」とうとまれている。友だちはみな「ハック」と呼ぶ。

トムとハック、二人とも「悪ガキ」ということでは同じだが、トムは曲がりなりにも伯母さんの家で暮らしている。大きくなってもトムは、社会に適応していくのに苦労せず、きっと世の中を仕切る側に回るはず。一方、「いつもいつも家のなかにいるってのは、しんどいのなんのって」(“it was rough living in the house all the time”:『ハック・フィン』第 1 章) と言うハックがまっとうな社会人になる姿は想像しがたい。

ハックの人物像は、トウェインが子供のころ知っていたトム・ブランケンシップ (Tom Blankenship、1831 年ごろ生まれ、没年不詳) という少年がインスピレーションになっている。トムはハックと同じく飲んだくれの父親を持つ、貧しい家庭の子だったが、誰よりも自由で誰よりも優しい心の持ち主だったとトウェインは述べている。トム・ブランケンシップがどのような大人になったかははっきりしない。1858 年と 61 年にコソ泥で捕まったという記録が残っている。19 世紀の末、トムはもう死んだときょうだい (姉か妹) が発言しているが、1902 年、別のきょうだいはトウェインに、トムはいまモンタナで治安判事を務め人々の尊敬を集めていると述べている (R. Kent Rasmussen, *Mark Twain A to Z* による)。

マーク・トウェインとは

作者マーク・トウェインは本名サミュエル・ラングホーン・クレメンズ（Samuel Langhorne Clemens）。1835 年ミズーリ州フロリダで生まれ、4 歳のときに一家で同州ミシシッピ川沿いのハンニバルに移り、18 歳までここで暮らす。『トム・ソーヤーの冒険』『ハックルベリー・フィンの冒けん』冒頭の舞台セントピーターズバーグはハンニバルに基づいている。

1851 年から、兄の発行する新聞に文章を発表しはじめ、蒸気船の水先案内人を務めたり、金銀発掘を試みて挫折するなどしながら執筆を続ける。マーク・トウェイン（「水深二尋《ひろ》」＝約 3.66 m＝を意味する水先案内人の用語）という名を使いはじめたのは 1863 年。

1865 年、ホラ話「ジム・スマイリーの跳び蛙」（“Jim Smiley and His Jumping Frog”）がニューヨークをはじめ各地の新聞に掲載されて名が広まり、ヨーロッパ旅行の体験を面白おかしく書いた『赤毛布《あかげっと》外遊記』（*The Innocents Abroad*, 1869）が売れて一躍有名作家に。

1876 年、『トム・ソーヤーの冒険』（*The Adventures of Tom Sawyer*）を刊行、好評を博す。じきにその続篇・姉妹篇として『ハックルベリー・フ

The Lancaster Gazette.

THE UNION OF THE STATES—ONE COUNTRY—ONE DESTINY.

VOL. 6. NO. 37. LANCASTER, OHIO, DEC. 7, 1865. Established 1826.

JIM SMILEY

AND HIS JUMPING FROG.

BY MARK TWAIN.

[We give up the principal portion of our editorial space, to-day, to an exquisitely humorous sketch—"Jim Smiley and his Jumping Frog"—by Mark Twain, who will shortly become a regular contributor to our columns. Mark Twain is the assumed name of a writer in California who has long been a favorite contributor to the San Francisco press, from which his articles have been so extensively copied as to

that horse, for all she was so slow and always had the asthma, or the distemper, or the consumption, or something of that kind. They used to give her two or three hundred yards' start, and then pass her under way; but always at the fag-end of the race she'd get excited and desperate-like, and come cavorting and spraddling up, and scattering her legs around limber, sometimes in the air, and sometimes out to one side amongst the fences, and kicking up m-o-r-e dust, and raising m-o-r-e racket with her coughing and sneezin and blowing her nose—and always fetch up at the stand just about a neck ahead, as near as you could cypher it

very deliberate, "Well—I don't see no points about that frog that's any better'n any other frog."

"May be you don't," Smiley says. "Maybe you understand frogs, and maybe you don't understand 'em; maybe you've had experience, and maybe you ain't only a amature, as it were. Anyways, I've got my opinion, and I'll risk forty dollars that he can outjump ary frog in Calaveras county.

And the feller studied a minute, and then says, kinder sad, like, "Well—I'm only a stranger here, and I ain't got no frog—but if I had a frog I'd bet you."

And then Smiley says, "That's all

Ohio Election Returns.

Abstract of Official Votes for State Officers at the Election held Tuesday, October 10, 1865.

COUNTIES.

by immediate or exciting causes, both of a moral or physical nature. In other words, accident and disease frequently produce Insanity in the debilitated brain of the intemperate man, while the same causes would not produce insanity in the strictly temperate. In the tables published by the Commissioners of Lunacy, in 1844, comprehending the returns from 8 Asylums in England and Wales, we find that out of 12,007 cases whose causes were returned, 1799, or nearly 15 per cent. are set down to the account of intemperance. In this account of intemperance, the exciting cause, only, is re-

ィンの冒けん』を構想、1883 年、思い描いていたのとはまったく違った形で書き上がった。

その他の主要作品として、自らの西部体験に基づいたノンフィクション『西部道中七難八苦』(*Roughing It*, 既訳邦題『西部放浪記』など、1872)、19 世紀アメリカに生きる男が 6 世紀英国の宮廷にまぎれ込む『アーサー王宮廷のコネチカット・ヤンキー』(*A Connecticut Yankee in King Arthur's Court*, 1889)、トウェイン流〈とりかえばや物語〉とも言える、人種問題を正面から見据えた『阿呆たれウィルソン』(*Pudd'nhead Wilson*, 1894) などがある。

2010 年代に入り、晩年に口述筆記させた長大な自伝（*Autobiography of Mark Twain*）が 3 巻本で刊行された（邦訳『マーク・トウェイン完全なる自伝』和栗了ほか訳、柏書房）。

『ハックルベリー・フィンの冒けん』とは

『トム・ソーヤーの冒険』がかなりの売れ行きだったので、出版社と作者は『トム・ソーヤー』の最重要脇役ハックルベリー・フィンを主人公にした続篇を計画。なので、1876 年に『ハックルベリー・フィンの冒けん』を書き出した時点では、おそらくはハックとトムの二人がくり広げる冒険が綴《つづ》られる物語が構想されていた。が、執筆は難航し、二度の中断をはさんで 1883 年にようやく完成。その中で、トムはだんだん背景に退いて、逃亡奴隷ジムとの旅が物語の中心になっていき、単なる続篇にとどまらない、内容的にも文章的にもはるかに高い到達点に達する一冊となった。

『トム・ソーヤー』は語り手も大人で、それまでの少年少女小説の枠内で手堅くまとめた小説と（ひとまず）言えるが、『ハック・フィン』はハック自身が一貫して間違いだらけの英語を使って語る。その語りののびやかさと、ジムと行なうミシシッピ川を下る旅の叙情性、そして人種問題を真っ向から扱っている社会性ゆえに、アメリカ文学史最重要作品のひとつと言われる。

『ハックルベリー・フィンの冒けん』の構成

何しろ最初は「柳の下のドジョウ」を狙って書きはじめたのが、行き当たりばったりで書き進めていくうちに、結果的には人種問題という、アメリカの歴史における最重要問題とトウェインは正面から向きあうことになった。したがって冒頭では、少年たちの罪のない「冒けん」や、迷信にまつわるいろんなギャグがくり出されるのに対し、後半でのハックとジムの旅は、それこそ命がけのものとなっていく。そうしてハックは、ジムを持ち主に返す努力をすべきか（当時の通念からすればこっちが正しい）、ジムを逃がす努力をすべきか（当時の通念からすればこれは犯罪行為）悩みに悩む。そうして決断に至るあたりが、この小説を真面目に読むならクライマックスとなる。

ところがトウェインは、そういう真面目な盛り上がりにわざわざ水をさすかのように、もう誰もが忘れていたトム・ソーヤーを再登場させて、終わりまでえんえんドタバタをくり広げさせる。これには批判もあるわけだが（「今日のアメリカ文学はすべて『ハックルベリー・フィンの冒けん』という一冊の本から生まれている」と讃えたヘミングウェイも、最後の10数章は読む必要はないと言っている）、道徳的・倫理的に謳い上げて終わらず、アンチクライマックスっぽい「なーんちゃって」を長々とやるあ

Chapter XXXVI

As soon as we reckoned everybody was asleep, that night, we went down the lightning-rod, and shut ourselves up in the lean-to, and got out our pile of fox-fire, and went to work. We cleared everything out of the way, about four or five foot along the middle of the bottom log. Tom said he was right behind Jim's bed now, and we'd dig in under it, and when we got through there couldn't nobody in the cabin ever know there was any hole there, because Jim's counterpin hung down most to the ground, and you'd have to raise it up and look under to see the hole. So we dug and dug, with the case-knives, till most midnight; and then we was dog-tired, and our hands was blistered, and yet you

たりが、むしろマーク・トウェイン流ユーモアの真髄だとも言える。

同時代の評価

メルヴィルの『白鯨』(1851) のように完全に抹殺されたなどということはないが、刊行当初の反響は、文学史上有数の傑作などという評価とは程遠かった。たとえば以下は、マサチューセッツ州コンコードの公共図書館の出した声明である。

当図書館の委員会は、マーク・トウェインの最新刊を図書館から排除することを決定した。委員の一人は、この本を不道徳だとは言わないが、ユーモアに乏しく、わずかに入ったそれもきわめて下品なたぐいのものであると述べ、掛け値なしの屑と見なしている。他の委員の意見、また図書館の見解も同様であり、粗野な、下品な、優美さを欠いた、高尚ならざる出来事ばかり扱った本と見ており、この本全体、知的で上品な人々よりも、貧民窟にこそ相応しいと考える。

のちの時代においては、nigger という言葉が多用されているという理由でしばしば禁書扱いされるわけだが、刊行当時は、とにかく下品、粗野

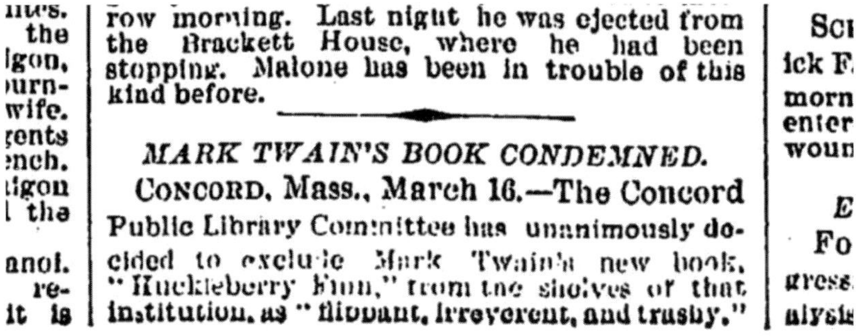

row morning. Last night he was ejected from the Brackett House, where he had been stopping. Malone has been in trouble of this kind before.

MARK TWAIN'S BOOK CONDEMNED.

CONCORD, Mass., March 16.—The Concord Public Library Committee has unanimously decided to exclude Mark Twain's new book, "Huckleberry Finn," from the shelves of that institution, as "flippant, irreverent, and trashy."

（しかもユーモアに乏しい！）という理由で排斥されたのである。

が、転んでもタダでは起きないと言うべきか、かように罵倒されたトウェインは、「これでもう2万5千部売れるぞ！」と出版社への手紙で書いている。

文学的意義、後世への影響

世界に意味はあるのかを徹底的に問うたメルヴィルの『白鯨』や、心の闇を探ったホーソーンの諸短篇（1830-40年代が中心）など、『ハック・フィン』以前にも重要なアメリカ小説はいくつも書かれている。が、アメリカ文学の大きな強みのひとつである、口語のみずみずしさを活かし、「文学的」とされる書き方を徹底的に排することで真に文学的であろうとする姿勢は、マーク・トウェインによって初めて本格的に実践され、その最大最良の成果が『ハック・フィン』であることは間違いない。ヘミングウェイが賛美したのもその意味においてである。

このことは20世紀に入ってから次第に認識されていき、一世を風靡した詩人T・S・エリオット（トウェインと同じくミズーリ州生まれだがのちイギリスに帰化）や、アメリカ文学の独自性を見出そうとする研究者たちにも高く評価され、アメリカ文学最大級の傑作という評価が定まっていく。

小説はすべて「書かれた」ものだが、と同時に「語られた」ものでもある。特にアメリカ文学ではその傾向が強い。語る「声」の活きのよさを初めて前面に押し出したのが『ハック・フィン』である（つまり、トウェインがそういう傾向を強くしたと言ってもいい）。その語りを徹底的にそぎ落とせばヘミングウェイとなり、逆に積み重ね、重厚にしていけばその極限にフォークナーがいる。もし『ハック・フィン』が書かれなかったら20、21世紀のアメリカ文学はまったく違った（劣った）ものになっていたにちがいない。

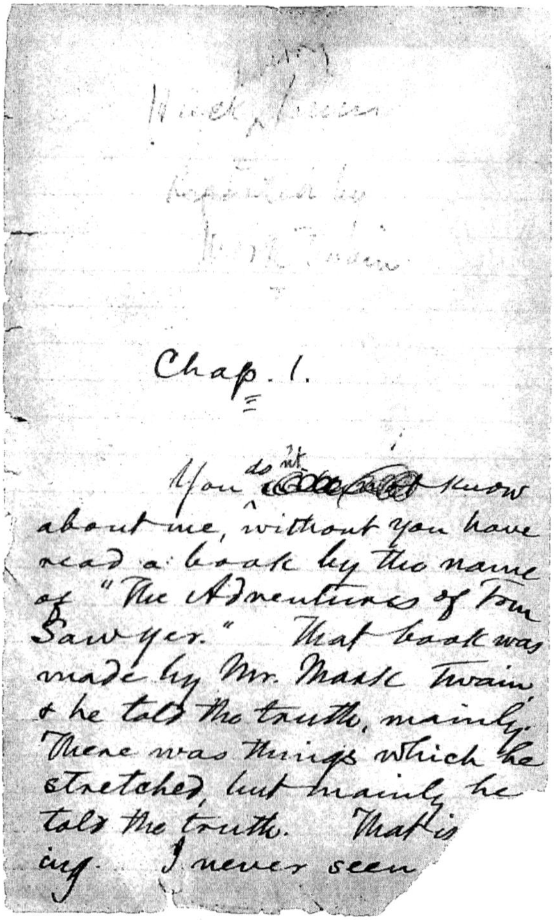
Chap. 1.

You don't know about me, without you have read a book by the name of "The Adventures of Tom Sawyer." That book was made by Mr. Mark Twain & he told the truth, mainly. There was things which he stretched, but mainly he told the truth. That is ing. I never seen

『ハックルベリー・フィンの冒けん』第１章冒頭の手書き原稿（1876）

『ハックルベリー・フィンの冒けん』の英語

標準でない英語のあたたかさ

登場人物が「変な」英語を話すだけならともかく、語り手まで一貫して標準的でない英語を300ページ以上喋りつづける小説は前代未聞だった。これからご覧いただく “You don’t know about me, without you have read a book by the name of ‘The Adventures of Tom Sawyer,’ but that ain’t no matter.” という第一声からして、すでに文法ルール無視がひとつ、卑俗な語法がひとつ入っている（18ページを参照）。しかもそれが、語り手の無知を表わすギャグなどではなく、独自のユーモア、音楽性、叙情につながっているところがすごい。

標準でないと言えば、きわめつけは黒人奴隷ジムが喋る英語。“I ’uz

powerful sorry you's killed, Huck, but I ain't no mo', now."（あんたがころされておれすごくかなしかったよハック、でももうかなしくないよ）。文法は無茶苦茶、論理的にも間違っている（「殺されて悲しかった」のではなく「殺されたと聞いて悲しかった」のはず）。が、"I was extremely sorry to hear that you had been killed, Huck, but I no longer am." といった「正しい」言い方にはないあたたかさがここにはある。

ハックが「語った」もの――と同時に「書いた」もの

どのページからもハックの声、ジムの声が聞こえてくる「語られた」小説であることが『ハック・フィン』最大の魅力。だが同時に、あちこちに綴りの間違いも出てくる。ということは、ハックはこれを自分で「書いて」もいるのである。"jewelry" は "julery" に、"yellow" は "yaller" となる。一番象徴的なのは、"civilize"（文明化する、しつける）が "sivilize" になっていること。ハックが永遠に文明化されない存在であることを作者はさりげなくほのめかす。

もちろんハックは、喋る上で自分が犯す言い違いもすべて再現する。drown（溺れる）の過去形が drownded、know の過去は knowed となっているのを見ると、皆さんも自分の英語に自信を持つのでは。

ジムの英語が自分と違うところもハックはきちんと書きとっていて、ハック自身は that も there も正しく言えるが、ジムは th が発音できないので dat, dah となる。第 2 章で初登場するジムの最初の台詞は "Who dah?"（=Who's there: 誰だ、そこ？）。catch は ketch だし、point は pint。ハックは considerable と（本来は considerably と言うべき場所も含めて）言えるし、書けるけれど、ジムは considable と言っているのが正確に再現されているあたりも芸が細かい。

by-and-by, adv.phr. **bymeby.** [AE] "*But bymeby she roused up like, and looked around wild*" 1873 GA ii 32. See *broke* 1874. "*Her chile was de king bimeby*" 1893 PW iii 239 (OED 4. Before long. In U.S., vulgarly *by'mby*. OEDS 1825, first ex.this pron. So W S C B F Cl Th,1786)

by and large, adv.phr. **to take by and large.** [AB3] *Taking it "by and large," as the sailors say, we had a pleasant ten days run from New York to the Azores Islands* 1869 IA v 47. "*Taking you by and large, you do seem to be more different kinds of an ass than any creature I ever saw*" 1875 OTM 285 (OEDS orig. *U.S.* To regard in a general aspect. 1833.. So S C B F Cl Th T H DN.II,VI. Not A in W)

by-blue, adv.phr. [B1] "*By-blue! if you have see two birds upon a fence, he you should have offered to bet which of those birds shall fly the first*" ["Retranslated" from the French *parbleu;* the original version of the "Jumping Frog" had: "*Why, if there was two birds setting on a fence, he would have bet you which one would fly first*"] 1875 SNO 39 (Hum.nonce borrowing)

bzzzzzzzzeeeee, sb. [B1] See *kahkahponeeka* 1880 (Hum. invention)

without, conj. [?AC] *You don't know about me without you have read a book by the name of 'The Adventures of Tom Sawyer'* 1884 HF i 1 (OED 2. If not, except, unless. Formerly common in lit. use...later *colloq* or *arch*, and now chiefly *illit.* 1393..1887. So S C U. W: Now chiefly *dial.* Wr: in gen. *colloq* use, and *Amer.* A in DN.III)

Without-a-Shadow-of-Doubter, sb. [B1] See *Perhapser* 1909 (Nonce phrase-word)

wit-mechanism, sb. [B1] *Take a "flash of wit"—repartee...Where there is a wit-mechanism it is automatic in its action and needs no help* 1906 "WIM" (1917) v 71 (Comb. not in OED W S C)

witness-stand, sb. [AB2] *If counsel for the defense chose to let the statement stand so, he would not call him to the witness-stand* 1894 PW xx 233 (OED *U.S.* The place where a witness is stationed while giving evidence. 1896, only ex. So M: used in Am. for Eng. *witness-box.* Not A in W S C)

wlgw, sb. [B1] See *kahkahponeeka* 1880 (Hum. invention)

woe, sb. **woe is me.** [C] "*Alack, it was but a dream. Woe is me*" 1881 PP xii 140 (OED 3b. I am distressed, afflicted. Now only *arch* and *dial.* *c*1205..1892. So W S C U)

woman, sb. [AC] "*Just come whenever you can, and come as often as you can...You can't please us any better than that, Washington; the little woman will tell you so herself*" 1873 GA xi 109 (OED 4. A wife. Now only *dial* and *U.S.* *c*1450..1897. So DN.II. W: *Familiar.* S: *obs.* This use not in C)

A Mark Twain Lexicon (Robert L. Ramsay and Frances G. Emberson、1938年刊、63年再刊) より

『ハックルベリー・フィン』
第 1 章徹底読解

〔第 1 段落〕

❶You don't know about me, ❷without you have read a book by the name of "The Adventures of Tom Sawyer," but ❸that ain't no matter. ❹That book was made by Mr. Mark Twain, and he told the truth, mainly. ❺There was things which he stretched, but mainly he told the truth. ❻That is nothing. ❼I never seen anybody but lied, one time or another, ❽without it was aunt Polly, or the widow, or maybe Mary. Aunt Polly,—Tom's aunt Polly, she is—and Mary, and the widow Douglas, ❾is all told about in that book—which is mostly a true book; with some stretchers, as I said before.

❶ You don't know about me,: me のあとのカンマはない方が標準的なので、削除してしまっている版も多い。だがマーク・トウェインは、正統な文章作法よりもハックが喋る息づかいを重視してカンマを打っているのである。この段落中ほかにも、グレーでマークしたカンマは版によっては削除されている。なお本書は、もっとも信頼できる版である 2001 年刊、University of California Press 版に基づいている。❷ without you have read a book: 正しくは unless you have read a book あるいは if you haven't read a book。❸ that ain't no matter: 正しくは that doesn't matter。ain't は isn't, don't などの卑俗な別形。❹ That book was made by Mr. Mark Twain:「〜が書いた本だ」と言うなら That book was written by Mr. Mark Twain が標準的。❺ There was things: 正しくは There were things。❻ That is nothing: That が指すのは流れからすると mainly he

「トム・ソーヤーの冒けん」てゆう本をよんでない人はおれのこと知らないわけだけど、それはべつにかまわない。あれはマーク・トウェインさんてゆう人がつくった本で、まあだいたいはホントのことが書いてある。ところどころこちょうしたとこもあるけど、だいたいはホントのことが書いてある。べつにそれくらいなんでもない。だれだってどこかで、一どや二どはウソつくものだから。まあポリーおばさんとか未ぼう人とか、それとメアリなんかはべつかもしれないけど。ポリーおばさん、つまりトムのポリーおばさん、あとメアリやダグラス未ぼう人のことも、みんなその本に書いてある。で、その本は、だいたいはホントのことが書いてあるんだ、さっき言ったとおり、ところどころこちょうもあるんだけど。

told the truth に思えるが、内容的には明らかに There was things which he stretched を指す。これも「間違いだが気持ちはわかる」という例。❼ I never seen anybody but lied, one time or another: but は現在では使われない、否定を表わす関係代名詞で、現代化＋標準化するなら I've never met anybody who hasn't lied one time or another。 ❽ without it was aunt Polly: 正しくは unless it was Aunt Polly。❾ is all told about: 正しくは are all told about。

〔さらにうるさいことを言えば〕

■ "and he told the truth, mainly"; "but mainly he told the truth"; "which is mostly a true book; with some stretchers, as I said before" と言ったふうに、「だいたい

ホントだよ」としつこく言われると、じゃあホントじゃないところもあるんだな、と誰でも考えたくなる。

　ではハック・フィンが我々にそう考えるよう意識的に仕向けているかというと、まあそういう見方も成り立つかもしれないが、むしろハックは全然そんなことは意識していなくて、仕向けているのは作者マーク・トウェインだと考える方がひとまず妥当である。こういうふうに、ハックは何も考えていないのに、何か裏の意味やら可笑《おか》しみやらが生じているという事態がこの小説ではたびたび起きる。

　また、これもハックの意識していないレベルで、この本では何がホントで何がウソか、ということがけっこう問題になるから気をつけなよ、と作者がここで暗に予告しているようでもある。今後いろんな「冒けん」をくぐり抜ける際、ハックはほとんどいつもウソの名を名のることになるのである。

■注 6 で、“That is nothing” の That が何を指すかの曖昧さについて、文法的には A を指すべきだが実際は B を指すしその気持ちはわかる、ということを書いた。これについて補足する。

J・D・サリンジャーの『キャッチャー・イン・ザ・ライ』(1951) がハック・フィンの 20 世紀版だということはよく言われるが（あと、ディケンズの『デイヴィッド・コパフィールド』（1849–50）の 20 世紀アメリカ版だということも一緒に指摘しておくべきだろう)、『キャッチャー』の書き出しでも、だいたい同じような箇所で、同じたぐいの曖昧さが組み込まれている。以下は『キャッチャー』冒頭の第 2 文から。

In the first place, that stuff bores me, and in the second place, my parents would have about two hemorrhages apiece if I told anything pretty personal about them. They’re quite touchy about anything like that, especially my father. They’re *nice* and all—I’m not saying that—but they’re also touchy as hell.

J. D. Salinger, *The Catcher in the Rye*, Chapter 1

　まず第一に、そういうのって退屈だし、第二に、両親のプライベートな話なんかちょっとでもしようものなら、父さんも母さんも仲良く二度くらいずつ脳溢血起こしちゃうだろうしね。二人とも、そういうことにはすごく神経質なんだ——特に父さんは。二人ともいい人ではあるんだけど、そういう話じゃなくって、とにかくおそろしく神経質なわけでさ。

——“I'm not saying that” は文章の流れから見て、「ぼくはべつに二人がいい人じゃないって言ってるんじゃないぜ」ということだが、では that がその前のどの部分を指すかというと、やっぱり曖昧である。でも勢いで、ハックの場合と同じく意味はわかる。この that をタイプしていたとき、サリンジャーの頭にあったのは、ハックの “That is nothing” だったのではないかと想像する。

〔第 2 段落〕

Now the way that the book ❶winds up, is this: Tom and me found the money that the robbers hid in the cave, and it made us rich. We got six thousand dollars apiece—all gold. It was ❷an awful sight of money when it was piled up. Well, Judge Thatcher, he took it and ❸put it out at interest, and it fetched us a dollar a day apiece, all the year round—more than ❹a body could tell what to do with. The widow Douglas she took me for her son, and ❺allowed she would ❻sivilize me; but ❼it was rough living in the house all the time, ❽considering how ❾dismal regular and decent the widow was ❿in all her ways; and so when I couldn't stand it no longer, I ⓫lit out. I got into my old rags, and my sugar ⓬hogshead again, and was free and satisfied. But Tom Sawyer he hunted me up and said he was going to start a band of robbers, and I might join if I would go back to the widow and ⓭be respectable. So I went back.

❶ wind(s) up: 終わりに至る　❷ an awful sight: ものすごい量　❸ put it out at interest: 利子が付くように投資した（put ~ out:〔金〕を貸し出す、投資する）　❹ a body:「人」一般を指す（現代英語なら you)。

❺ allow(ed): 意図する、考える　❻ sivilize: しつける、文明化する（正しくは civilize）　❼ it was rough living in the house all the time: 普通 rough living（苛酷な暮らし）と言えば戸外で寝たりすることを指すわけで、ハックが家に住むことをそう言っているのが可笑しい。

❽ considering: ……なので　❾ dismal regular and decent: ひどく規則正しくて上品で　❿ in all her ways: 何をするにも　⓫ lit out: light out（逃げ出す）の過去形　⓬ hogshead: 大樽　⓭ be respectable: 見苦しくない暮らしをする

それで、その本はどんなふうにおわるかってゆうと、こうだ。トムとおれとで、盗ぞくたちが洞くつにかくしたカネを見つけて、おれたちはカネもちになった。それぞれ六千ドルずつ、ぜんぶ金《きん》かで。つみあげたらすごいながめだった。で、サッチャー判じがそいつをあずかって、利しがつくようにしてくれて、おれもトムも、一年じゅう毎日《まいんち》一ドルずつもらえることになった。そんな大金、どうしたらいいかわかんないよな。それで、ダグラス未ぼう人が、おれをむすことしてひきとって、きちんとしつけてやるとか言いだした。だけど、いつもいつも家のなかにいるってのは、しんどいのなんのって、なにしろ未ぼう人ときたら、なにをやるにも、すごくきちんとして上ひんなんだ。それでおれはもうガマンできなくなって、逃げだした。またまえのボロ着を着てサトウだるにもどって、のんびり気ままにくつろいでた。ところが、トム・ソーヤーがおれをさがしにきて、盗ぞく団をはじめるんだ、未ぼう人のところへかえってちゃんとくらしたらおまえも入れてやるぞって言われた。で、おれはかえったわけで。

〔さらにうるさいことを言えば〕

■「それで、その本はどんなふうにおわるかってゆうと……」という「続篇で前篇の内容が問題にされる」という構造は、しばしば近代小説のはじまりと目されるセルバンテスの『ドン・キホーテ』（正篇 1605、続篇 1615）を思わせる。『ドン・キホーテ』正篇は『トム・ソーヤーの冒険』に対応し、続篇は『ハックルベリー・フィンの冒けん』に対応すると言える。

それとはまた別に、ハックがジムとともにミシシッピ川を下るという「遍歴」も、ドン・キホーテがサンチョ・パンサを従えて旅をする、という流れの 19 世紀アメリカ的翻案と言えなくもない。

もっとも、キャラクターの次元で考えれば、本を読みすぎて現実が見えなくなったドン・キホーテに対応するのはむしろトム・ソーヤーであり、本はあまり読んでいないけれど現実を見る目はけっこう確かなサンチョ・パンサはハック・フィンである。マーク・トウェインは「続篇」においてハック・

フィン自身に声を与えて傑作を生み出したわけだが、同様にセルバンテスがサンチョ・パンサに声を与えて続篇を書いていたら……と想像しただけで胸が躍る。

■ “Judge Thatcher, he took it”: 正しくはもちろん “Judge Thatcher took it” だけでいいわけだが、この余計な he が入って生じる冗長さが『ハック・フィン』の語りの味である。この段落の中だけでも “The widow Douglas she took me” “But Tom Sawyer he hunted me up” など、例は無数にある。

〔第３段落〕

The widow she cried over me, and called me a poor lost lamb, and she called me a lot of other names, too, but ❶she never meant no harm by it. She put me in ❷them new clothes again, and I couldn't do nothing but sweat and sweat, and feel all ❸cramped up. Well, then, the old thing ❹commenced again. The widow ❺rung a bell for supper, and you had to come to time. When you got to the table you couldn't ❻go right to eating, but you had to wait for the widow to ❼tuck down her head and ❽grumble a little over the victuals; though there warn't really anything the matter with them. That is, ❾nothing only everything was cooked by itself. In a barrel of odds and ends it is different; things get mixed up, and the juice ❿kind of ⓫swaps around, and the things go better.

❶ she never meant no harm by it: 悪気はなかった（すぐ前の called me a lot of other names が「おれをさんざんののしった」の意味にもとれるのでこう言っている） ❷ them new clothes: 正しくは those new clothes。 ❸ cramped up: 窮屈な ❹ commence(d): 始まる ❺ rung: 正しくは rang。 ❻ go right to eating: すぐに食べはじめる（right は「すぐに」「そのまま」） ❼ tuck down her head:（あごを引っ込めて）頭を垂れる

■ハックは何しろあまり教育を受けていないので、ときどき綴りを間違える。そのなかで、文明化を拒むこの少年が civilize（文明化する）という語の綴りを間違えるというのはほとんど論理的必然に思える。大学で読書会をやったとき、ある学生から sivilize を訳すなら「しつける」の代わりに「ひつける」と江戸っ子的に間違えればいい、と提案され、ナルホドと感心したのだが、中西部に江戸を持ち込むのはどーなんだ、と考えて思いとどまった。

未ぼう人はおれを見てわあわあ泣いて、おれのことをアワレなサマヨエるコヒツジだのなんだのさんざんくさしたけど、べつにわるぎはなかったんだとおもう。で、またあたらしい服を着せられてアセがだらだらだらだら出てきてすごくきゅうくつだった。そうやってまたおなじことがはじまった。未ぼう人が夕ごはんのスズを鳴らしたら、さっさと行かなくちゃいけない。テーブルに来てすぐ食っちゃいけなくて、未ぼう人がアタマたらして食べもの見おろしてなんかブツブツ言うのを待たないといけない。といってべつだん食べものにわるいところがあるわけじゃない。まあなにもかもべつべつにりょうりしてあるのはわるいっていやわるいけど。あれこれゴッチャになったたるだとそうじゃない。いろんなものがあつまって、汁がこう、まじりあって、あじもよくなるんだ。

❽ grumble over the victuals: 食べ物の上でブツブツ言う（未亡人が神に祈っていることがハックにはわかっていないらしい） ❾ nothing only: 標準的には except that。 ❿ kind of: なんとなく〜する ⓫ swap(s) around:（あちこち動いて）混じりあう

〔さらにうるさいことを言えば〕

■ちゃんとした服を着せられる窮屈さを “feel all cramped up” とハックは言い表わしているが、トウェインが朗読会などでここを読む際には窮屈さのイメージをさらに膨らませたようで、手持ちの本には “They make you feel all cramped up and uncomfortable, like a bee that's busted through a spider's web and wisht he'd gone around”（とにかくきゅうくつできごこちわるくて、クモの巣につかまっちまって、ああ、うかいしてたら、とおもってるハチみ

〔第 4 ～ 5 段落〕

After supper she got out her book and ❶learned me about Moses and the ❷bulrushers, and I was in a sweat to find out all about him; but by and by she ❸let it out that Moses had been dead a ❹considerable long time; so then I didn't care no more about him; because ❺I don't take no stock in dead people.

Pretty soon I wanted to smoke, and asked the widow to let me. But she wouldn't. She said it was a ❻mean practice and wasn't clean, and I must try to not do it any more. That is just the way with some people. They ❼get down on a thing when they don't know nothing about it. Here she was ❽a-bothering about Moses, ❾which was no kin to her, and no use to anybody, being gone, you see, yet ❿finding a power of fault with me for doing a thing that had some good in it. And she took ⓫snuff too; of course that was all right, because she done it herself.

❶ learn(ed): 教える　❷ bulrushers: 葦《あし》（正しくは bulrush）。赤ん坊だったモーセが葦のかごに入れられて川に流された逸話を指している。❸ let [it] out:（秘密など）を漏らす　❹ considerable: かなり、相当（正しくは considerably）　❺ I don't take no stock in dead people: take stock in

たいに）と書き込みが残っている（Michael Patrick Hearn, *The Annotated Huckleberry Finn* の注による)。きっとこうやって人前では笑いをさらに増幅させていたのだろう。

■まあさすがに残飯が混じりあったものをハックと一緒に食べたい気にはなれないが、たとえば “the juice kind of swaps around, and the things go better” といった口調のイキのよさが「言葉として美味しい」ことは間違いない。

夕ごはんがすむと、未ぼう人は本を出して、モーセがどうとか足がどうとかこうしゃくするもんだから、なんの話かとアセってきいたけど、そのうちに未ぼう人がぽろっと、モーセってのはもうずっとまえに死んだって言ったんで、ならそんなやつ知るもんかとおもった。死んだ人げんなんかどうだっていい。

じきにタバコがすいたくなって、すわせてくれって未ぼう人にたのんでみたけど、ダメだって言われた。そういうのはいやしいしゅうかんだし、不けつです、これからはもうそういうことをしてはいけませんと未ぼう人は言った。そうゆう人っているんだよな。じぶんがなんにも知らないことを、ボロクソに言う。しんせきでもないし、どうせもう死んでるんだからだれの役にもたたないモーセのことはあんなにかまうくせに、それなりにたしになることをおれがやろうとすると、ダメです、いけませんの一てんばり。じぶんだってかぎタバコはやるのに、それはじぶんでやるからいいんだよな。

~（～を重んじる、尊ぶ）❻ mean: 卑しい、下品な　❼ get down on ~: ~ をけなす　❽ a-bother(ing) about ~: ～のことを気にする（語頭の a- は特に意味はない）　❾ which was no kin: 血縁でも何でもない（which は正しくは who）　❿ find(ing) a power of fault: さんざん難癖をつける（a power of は「たっぷりの」）　⓫ snuff: 嗅ぎたばこ

〔さらにうるさいことを言えば〕

■この章の原文は、前述のとおり 2001 年刊のカリフォルニア大学出版局版（いわゆる 125 周年記念版）に依拠していて、この版は 1885 年初版をほぼ忠実に再現しているが、Moses and the bulrushers となっている箇所は 1885 年版では Moses and the “Bulrushers” である。どうやらハックは「モーセと葦」を「モーゼズ・アンド・ザ・ブルラッシャーズ」と、バンド名みたいな感じで捉えているらしい。えっそれって誰だよ、とうろたえるのも無理はない。

■ハックは喫煙の習慣を未亡人からたしなめられるわけだが、良家の子女オリヴィア・ラングドンと結婚したトウェインは、ハックとほぼ同じことをラングドン家の人たちから言われたようである。結婚直前に書いた手紙に “I cannot attach any weight to either the arguments or the evidence of those who

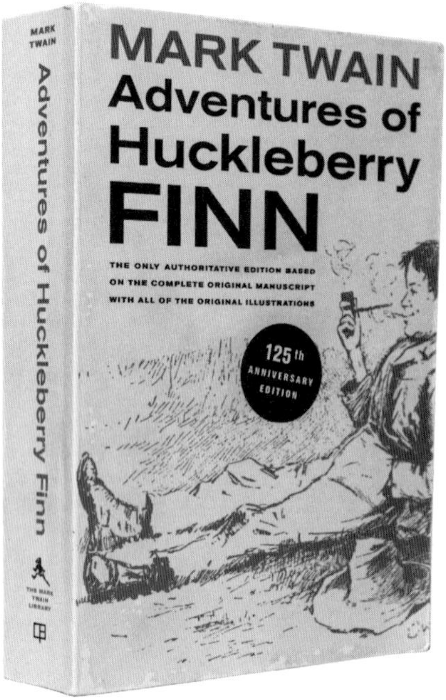

know nothing about the matter personally & so must simply theorize. Theorizing has no effect on me. I have smoked habitually for 26 of my 34 years, & I am the only healthy member our family has. . . . There *is* no argument that can have even a feather's weight with me against smoking . . . for I *know*, & others merely *suppose*"（直接は何も知らずにただ理屈をつけているだけの人たちが出してくる議論にも証拠にも、僕は全然重きを置かない。理屈なんか僕には何の効用もない。僕は 34 年の人生で 26 年煙草を常用してきて、うちの家族で健康なのは僕だけだ〔……〕煙草はよくないという議論で、僕にとって鳥の羽根ほどの重みがあるものはただのひとつもない〔……〕僕は知っているのであって、連中はただ考えているだけだ）と書いている（125 周年版に付された注による）。

〔第 6 段落〕

Her sister, Miss Watson, a ❶tolerable slim old maid, with goggles on, had just come to live with her, and ❷took a set at me now, with a spelling-book. She ❸worked me ❹middling hard for about an hour, and then the widow made her ❺ease up. ❻I couldn't stood it much longer. Then for an hour it was deadly dull, and I was ❼fidgety. Miss Watson would say, "Don't put your feet up there, Huckleberry;" and "Don't ❽scrunch up like that, Huckleberry—set up straight;" and pretty soon she would say, "Don't ❾gap and stretch like that, Huckleberry—why don't you try to ❿behave?" Then she told me all about the bad place, and I said I wished I was there. She got mad, then, but I didn't mean no harm. All I wanted was to go somewheres; all I wanted was a change—I warn't ⓫particular. She said it was ⓬wicked to say what I said; said she wouldn't say it ⓭for the whole world; *she* was going to live so as to go to the good place. Well, I couldn't see no advantage in going where she was going, so I made up my mind I wouldn't try for it. But I never said so, because it would only make trouble, and wouldn't do no good.

❶ tolerable: かなり　❷ took a set: take a set（攻撃してくる）
❸ work(ed): 働かせる　❹ middling: かなり　❺ ease up: 態度を和らげる　❻ I couldn't stood it: 正しくは I couldn't have stood it。 ❼ fidgety: そわそわ落着かない　❽ scrunch up: 体を丸める　❾ gap: あくびする（普通は gape） ❿ behave: 行儀よくする　⓫ particular: 細かいことにこだわる　⓬ wicked: 邪悪な（[wíkid]） ⓭ for the whole world:（否定文で）絶対に（文字どおりには「全世界と引き換えでも」）

で、未ぼう人のいもうとのミス・ワトソンてゆう、ずいぶんやせてメガネをかけてるオールドミスのひとが、ついこないだからいっしょにすんでて、つづり字の本を出してきて、おれをとっちめにかかった。一時かんばかりみっちりいためつけられて、もうそれくらいにしときなさい、と未ぼう人が口を出してくれた。おれもあれでそろそろげんかいだったね。そのあと一時かんくらいはおそろしくタイクツで、おれはソワソワおちつかなかった。ミス・ワトソンは「足をそんなところにのせるんじゃありませんハックルベリー」とか「そんなふうに背中をまるめちゃいけませんハックルベリー、まっすぐおすわりなさい」とか言うし、そのうちこんどは「そんなふうにアクビしてのびするもんじゃありませんハックルベリー、すこしはおぎょうぎよくできないの？」なんて言う。そうしてつぎは、わるい場しょのことをあれこれきかせるんで、おれそこに行きたいですって言ったらカンカンにおこったけど、おれとしてはべつにわるぎはなかった。とにかくどこかへ行きたかっただけ、なにかかわらないかなとおもっただけで、べつになんでもよかったんだ。そんなこと言うのはツミぶかいことですよ、とミス・ワトソンは言った。わたしはなにがあろうとそんなこと言いませんよ、わたしはよい場しょへ行くために生きるんです、ってミス・ワトソンは言った。でもミス・ワトソンが行こうとしてるとこに行っても、なにもいいことなさそうだったから、やめておこうとおれはきめた。でもおれはなにも言わなかった。言ったって厄介《トラブル》になるだけで、なんのたしにもならない。

〔さらにうるさいことを言えば〕

■ここでミス･ワトソンは「禁止命令《しちゃいけません》、ハックルベリー」を連発するわけだが、この『ハックルベリー･フィンの冒けん』と題された本で「ハックルベリー」という名が使われるのは５回だけである（あとはすべて「ハック」）。そのうち４回はミス･ワトソンが言い、１回だけ中盤で登場するペテン師の一方（王さま）がハックに命令するときに言う。ハックのファーストネームをフルに呼ぶことは権威を振りかざすことにしかつながらないらしい。

■ trouble という最重要単語については、後述の『ハック英語辞典』を参照。

〔第 7 段落〕

❶Now she had got a start, and she went on and told me all about the good place. She said all a body would have to do there was to go around all day long with a harp and sing, forever and ever. So I ❷didn't think much of it. But I never said so. I asked her if she ❸reckoned Tom Sawyer would go there, and she said ❹not by a considerable sight. I was glad about that, because I wanted him and me to be together.

❶ Now she had got a start: 始めてしまったので、弾みがついたので
❷ didn't think much of it: do not think much of ~（～を大したことはないと思う） ❸ reckon(ed): 思う（この時代には think の代わりによく使われた） ❹ not by a considerable sight: まず無理（not by a long sight とも）

で、そうやって話がはじまっちまったから、そのよい場しょってやつのことを、なにからなにまできかされた。なんでもそこへ行ったら、一日《いちんち》じゅうハープもってぶらぶらして、うたって、そうゆうのをずっといつまでもつづけてればいいらしい。なんかつまんなそうだなあ、とおもった。でもおれはなにも言わなかった。トム・ソーヤーはそこに行くとおもいますかときいたら、まずムリねとミス・ワトソンは言った。それをきいてうれしかった。おれはトムといっしょにいたいから。

〔さらにうるさいことを言えば〕

■一日中ハープもってうたってるだけ、という天国像をトウェインは何度もからかっていて、*Extract from Captain Stormfield's Visit to Heaven*（『キャプテン・ストームフィールドの天国訪問』）でキャプテンはこう教えられる: “People take the figurative language of the Bible and the allegories for literal, and the first thing they ask for when they get here is a halo and a harp, and so on. . . . They go and sing and play just about one day, and that's the last you'll ever see them in the choir”（みんな聖書の比喩や寓話を文字どおりに受けとって、ここへ来ると真っ先に光輪と竪琴をくれって言うんだ〔……〕まあだいたい一日は歌って奏でてるけど、もうそれっきり聖歌隊では見かけなくなるね）。

〔第 8 段落前半〕

Miss Watson she kept ❶pecking at me and it got ❷tiresome and lonesome. By and by they fetched the ❸niggers in and had prayers, and then everybody was off to bed. I went up to my room with a piece of candle and put it on the table. Then I ❹set down in a chair by the window and tried to think of something cheerful, but it warn't no use. I felt so lonesome I ❺most wished I was dead. The stars was shining, and the leaves rustled in the woods ever so mournful; and I heard an owl, away off, ❻who-whooing about somebody that was dead, and a ❼whippowill and a dog crying about somebody that was going to die; and the wind was trying to whisper something to me and I couldn't ❽make out what it was, and so it made the cold ❾shivers run over me.

❶ peck(ing): つつく、うるさく言う　❷ tiresome: うっとうしい　❸ nigger(s): 黒人（現在では n-word と呼ばれて避けられ、黒人以外が口にすることはまず考えられない。『ハック英語辞典』参照）　❹ set down: 正しくは sat down。　❺ most: 正しくは almost。　❻ who-whoo(ing): （フクロウが）ホーホーと鳴く　❼ whippowill: 北米産ヨタカの一種（標準的には whippoorwill）❽ make out: 聞き取る　❾ shivers: 寒気、戦慄

ミス・ワトソンがまだねちねちおれのことといじめるもんだから、だんだんうっとうしく、それにさみしくなってきた。そのうちにニガーの連中がつれてこられて、おいのりをとなえて、それからみんなねどこにはいった。おれはロウソクをもって、へやに上がってつくえの上においた。そうしてマドぎわのイスにすわって、なにかあかるいことかんがえようとしたけど、ぜんぜんダメだった。すごくさみしい気もちになって、死んでしまいたくなった。星がひかって、森の木の葉がサラサラ、すごくかなしい音をたてた。と、とおくのほうでフクロウがホーホーと、死んだ人げんのことをうたうのがきこえて、そしてヨタカと犬が、もうじき死ぬ人げんのことで鳴くのがきこえた。風もおれになにかささやこうとしてたけど、なんて言ってるのかききとれなくて、それでおれは全しんゾッとさむけがしてきた。

〔さらにうるさいことを言えば〕

■ I felt so lonesome I most wished I was dead: 夜の闇や静けさのなかにあるときのハックの典型的感情。でもどこか死に惹かれているようでもある。このほとんど感傷的な気分をいくぶんマイルドにすれば、感傷がひとつの持ち味であるアメリカの音楽ジャンル、カントリー＆ウェスタンの名曲 “I'm So Lonesome I Could Cry”（「泣きたいほどの淋しさだ」ハンク・ウィリアムズ作）となる。あの歌もやはり “Hear that lonesome whippoorwill”（あのさみしいヨタカの声を聞きなよ）という一言から始まっている。

〔第 8 段落後半〕

Then away out in the woods I heard that kind of a sound that a ghost makes when it wants to tell about something that's on its mind and can't make itself understood, and so can't rest easy in its grave and has to ❶go about that way every night, grieving. I got so ❷down-hearted and scared, I did wish I had some company. Pretty soon a spider went ❸crawling up my shoulder, and I ❹flipped it off and it ❺lit in the candle; and before I could ❻budge it was all ❼shriveled up. I didn't need anybody to tell me that that was an awful bad sign and would fetch me some bad luck, so I was scared and ❽most shook the clothes off of me. I got up and turned around ❾in my tracks three times and crossed my breast every time; and then I tied up a little ❿lock of my hair with a thread to keep witches away. But I hadn't no confidence. You do that when you've lost a horse-shoe that you've found, instead of ⓫nailing it up over the door, but I hadn't ever heard anybody say it was any way to keep off bad luck when you'd killed a spider.

❶ go about that way: そんなふうにさまよう　❷ down-hearted: 落ち込んで　❸ crawl(ing) up: 這《は》い上がる　❹ flip(ped): 弾《はじ》きとばす　❺ lit: light（落ちる、着地する）の過去形。❻ budge: 動く（もっぱら「動かない」という文脈で使う）❼ shrivel(ed) up: 縮む　❽ most shook the clothes off of me:（あまりに震えて）服が脱げてしまいそうになった（most は正しくは almost）❾ in my tracks: その場で、すぐに　❿ lock:（髪の）房　⓫ nailing it up: nail ~ up（～を釘で打ち付ける）

それからこんどは森のなかから、ユウレイがなにか言いたいことがあるのにわかってもらえないせいで、はかのなかでやすんでられなくて毎晩かなしい気もちでさまようときにたてるみたいな音がきこえた。おれはものすごくおちこんで、こわくなってきて、だれかいっしょにいたらなあっておもった。じきにクモが一ぴき、肩をはいあがってきたんで、パチンとはじいたら、ロウソクの火にとびこんじまった。なにをするまもなく、クモはたちまちチリチリになった。だれに言われなくたって、これがものすごくエンギのわるいことで、あくうんがふりかかるんだってことはわかるから、おれはすっかりおびえてしまい、ブルブルふるえるせいで服がぬげちまいそうだった。立ちあがって、三べんくるっとふりむくたびにムネで十字をきって、それからま女《じょ》をとおざけようと、かみの毛をひとかたまり糸でしばった。でもぜんぜんあんしんできなかった。それって、ひろったていてつをトビラの上にクギでかけとくのをわすれてなくしたときにやることだけど、クモをころしたときあくうんをとおざけるのに役だつって話はきいたことない。

〔さらにうるさいことを言えば〕

■何々をすると縁起が悪いとか、魔女を遠ざけるにはどうするかとか、この小説の最初の方ではいろんな迷信が出てくるが、後半に至るとそれもなくなる。ハックにせよジムにせよ、だんだんと迷信が意味を持ちえない、より厳しい現実世界に入っていくのである。迷信的世界観から抜け出ることがハックの成長の一環かもしれない。キリスト教という迷信からは本当にあっさり抜け出るみたいだが……。

〔第 9 段落〕

I set down again, a-shaking all over, and got out my pipe for a smoke; for the house was all as still as death, now, and so the widow wouldn't know. Well, after a long time I heard the clock away off in the town go Boom—boom—boom—❶twelve licks—and all still again—stiller than ever. Pretty soon I heard a twig snap, down in the dark amongst the trees—something was ❷a-stirring. I set still and listened. ❸Directly I could just barely hear a "*Me-yow! me-yow!*" down there. That was good! Says I, "*Me-yow! me-yow!*" as soft as I could, and then I put out the light and ❹scrambled out of the window onto the ❺shed. Then I slipped down to the ground and crawled in amongst the trees, and ❻sure enough there was Tom Sawyer waiting for me.

❶ lick(s):（時計が）打つこと　❷ a-stirring: stir（ゴソゴソ動く）
❸ Directly: すぐさま　❹ scramble(d) out: 這い出る　❺ shed: 小屋、物置　❻ sure enough: 思ったとおり、案の定

おれはもう一どブルブルふるえながらすわって、一ぷくしようとパイプを出した。家のなかは死んだみたいにしずまりかえってたから、未ぼう人も気づかないだろうとおもった。ずいぶんたってから、町の時《と》けいがボーン——ボーン——ボーンと十二回鳴るのがきこえて、それからまたしずかに、まえよりもっとしずかになった。じきに下のこだちのやみのほうから、小えだがパチンと折れるのがきこえて——なにかがゴソゴソうごいている。おれはじっと耳をすました。まもなく、すごくかすかに、「ミャーオ！　ミャーオ！」てゆう声がそっちからきこえてきた。いいぞ！　おれもせいいっぱい小ごえで「ミャーオ！　ミャーオ！」と言って、あかりを消して、マドからモノおき小屋のやねにはいおりた。それから地めんにおりて、こだちにはってはいると、おもったとおり、トム・ソーヤーがおれを待っていた。

〔さらにうるさいことを言えば〕

■踏んだ小枝が音を立てることで人がそこにいることが発覚する、というのはトウェインの先輩作家ジェームズ・フェニモア・クーパーが何度か使った手口。クーパー作品のリアリティのなさをトウェインはさんざんからかっているが、この手口についても “It is a restful chapter in any book of his when somebody doesn’t step on a dry twig and alarm all the reds and whites for two hundred yards around”（彼のどの作品であれ、誰かが枯れ枝を踏んづけて周囲 200 ヤードのインディアンと白人全員がギョッとする、という事態が一度も生じない章があったらそれはよほど平和な章である）とからかっている（“Fenimore Cooper’s Literary Offences”「フェニモア・クーパーの文学的犯罪」、新潮文庫『ジム・スマイリーの跳び蛙　マーク・トウェイン傑作選』所収）。前述の Hearn（27 ページ）も言っているとおり、この手口が使われるとともに、クーパーに心酔しクーパー流の非現実的な書物を読みあさり現実をその非現実的枠の中に押し込めようとするトム・ソーヤーが登場する、というのはいかにもふさわしい展開である。

ハック英語辞典

adventure　冒けん。難破船、殺人、逃走劇などが絡んだ、スリリングな状況や出来事を指す。ただし『ハック・フィン』でこの語が用いられるのは、あくまでそのスリルが遊びの枠内にとどまりそうな場合に限られる。ハックも最初のうちは、“He’d call it an adventure—that’s what he’d call it”（トムならこれを冒けんだって言うさ、きっとそう言うとも〔12 章〕）などと呑気に言っているが、ジムが自由めざして逃走する旅が本格化すると、もはや事態は遊びではなくなり、この語も使われなくなる。復活するのは、終盤でトム・ソーヤーが出てきてこれを連発するときである。つまり、ハックがトム的な冒けん思考に毒されているあいだと（⇨ CONSCIENCE）、毒の大元《おおもと》たるトムが登場しているあいだしか、adventure という語は使われないのである。「冒けん」と呼んでもよさそうな出来事も、なんとかサバイブしようとしているハックとトムにとっては TROUBLE（⇨）でしかない。

adventure を「冒けん」と表記するのは、ハックの学力を考慮して。

by and by　やがて、そのうちに。“When it was dark I set by my camp fire smoking, and feeling pretty satisfied; but by and by it got sort of lonesome, and so I went and set on the bank and listened to the currents washing along . . .”（暗くなるとたき火のそばにすわってパイプをすって、けっこういい気ぶんだったけど、そのうちになんかさみしくなってきたんで、土手に行ってこしかけて、ざあっ、ざあっていう水の音に耳をすまして……〔8 章〕）。

『ハック・フィン』の 20 世紀版とも言うべき J・D・サリンジャーの『キャッチャー・イン・ザ・ライ』（1951）は、ホールデン・コールフィールド少年がハック同様に一人で喋りまくる小説だが、と同時に、all of a sudden（突然）という言葉が頻繁に使われ、ミシシッピ川を下るハックが生きる悠然とした時間と、ニューヨークの夜の街をさまようホールデンが生きるせわしない時間の対比を明らかにしている（もちろんハックやジムも、その by and by 的時間の流れのなかにつねにとどまってはいられないわけだが）。先行作品と共通点と相違点の両方を持つことによって、『キャッチャー』は『ハック・フィン』への雄弁なコメントになっている。

conscience　**良心。**“But that’s always the way: it don’t make no difference whether you do right or wrong, a person’s conscience ain’t got no sense, and just goes for him anyway. If I had a yaller dog that didn’t know no more than a person’s conscience does, I would pison him. It takes up more room than all the rest of a person’s insides, and yet ain’t no good, nohow”（けどいつだってこうなのだ——いいことしようがわるいことしようがカンケイない、人げんの良心ってやつにはふんべつもなにもありゃしない。どっちみち人をせめるようにできてるのだ。もしおれにきいろい犬がいて、そいつが人げんの良心なみにどうりのわからねえやつだったら、おれはそいつにどくをもるだろう。人げんのうちがわで、良心ってのはなによりゴソッと場しょを食うのに、なにもいいことなんか

ない〔33章〕）とハックは言う。そしてその良心は、ハックに何をせよと命じるか？　逃亡したジムを持ち主に返すように、である（逃がしてやるように、ではない）。「良心というあの妙な代物は――あの過《あやま》たざる監視者なるものは――早いうちから教育し、教育しつづければ、どれほど無茶苦茶なことでも是認するよう訓練できるのだということです」と、トウェインは1895年の講演でも述べている。

内面化された命令、という意味では、トム・ソーヤーもハックにとって一種良心のような存在だと言えなくもない。トムがいないところで「冒けん」のチャンスに出会うと、ハックは「トムならどうするか」を考え、いわば不在のトムの指示を仰ぐからである。が、いざトム・ソーヤーを前にすると、トムが本で仕入れてきたたわごとを “all that stuff was only just one of Tom Sawyer’s lies”（これもみんな、トム・ソーヤーのウソなんだ〔3章〕）とハックはあっさり切り捨てる（⇨ LIE）。

hell　地ごく。逃げたジムの居所を知らせる手紙を持ち主に送るか、それともジムを逃がしてやるかで思い悩むハックは、結局後者を選び、“All right, then, I’ll *go* to hell”（よしわかった、ならおれは地ごくに行こう〔31章〕）と胸のうちで言う。この決断を小説のクライマックスと考える読

者は多い。

ただ、「地ごく」というものを、ハックはどこまで実感をもって考えているのだろうか。天国の方は、一日じゅう竪琴を奏でて歌をうたっているのだと第 1 章でミス・ワトソンから聞かされて、“I didn’t think much of it”（なんかつまんなそうだなあ、とおもった）と言っているし、「わるい場しょ」すなわち地獄については “I wished I was there”（おれそこに行きたいです）と言ってミス・ワトソンに叱られているのである。もちろんこれは第 1 章の話で、以後、ハックの宗教意識が深まったと考えるのは自由だが。

lie　**ウソ。**日曜学校の一行を “the A-rabs and the elephants”（エイラブ人とかゾウとか）だと信じるトム・ソーヤーのウソをハックは徐々に卒業するわけだが（⇨ CONSCIENCE）、ジムとともに、よりシリアスな厄《トラ》介《ブル》と向きあうようになると、また別種のウソをつくようになる。何しろ、名前を訊かれるたびに、とっさに新たな偽名を名のるのだ。「冒けん」に携わるほとんどの時間、ハックルベリー・フィンはハックルベリー・フィン以外の人間になりすましている。

これをトムの「本かぶれ」ゆえのウソとは違う、生き残りを賭けた必死のウソなのだ、と持ち上げることはとりあえず可能だが、それにしてもよくウソをつくよなあ、とも思う。ハックが女の子に変装したことを見抜いた、悪気はなさそうなおばさんに、で、あんたほんとの名前はなんていうんだい、と訊かれたときも、迷わず “George Peters” と名のるのである。まあたしかに相手は、あわよくばジムを捕まえて賞金をもらおうと思っているみたいだから、ハック・フィンと名のるわけにもいかないかもしれないが、それにしても迷いがない。

一方、トムの「本かぶれ」を、子供の無邪気な遊びと片付けるのは危険である。その一見の無邪気さの延長線上にある残酷さ、暴力性を皮肉たっぷり暴くことが、最後数章の、トムが演出するジム救出茶番劇のひとつの役割とも言える。ハックがいわばトム的にふるまってジムの心を傷つけたときも、ジムはハックのついた「ウソ」を糾弾する―― “En

all you wuz thinkin’ ’bout, wuz how you could make a fool uv ole Jim wid a lie. Dat truck dah is *trash*; en trash is what people is dat puts dirt on de head er dey fren’s en makes ’em ashamed”（なのにあんたのかんがえることときたら、ウソついてジムをだまくらかすことだけ。そこにころがってる木っぱはクズだよ。友だちのアタマにゴミほうってハジかかせる人げんもクズだよ〔15章〕）。

lonesome　**さみしい。**ハックはよく、特にジムと合流する前、この「さみしい」という語を使う。これを根拠に、社会の規範から逃れようとする人間が実は社会を求めている、と考えるのはたぶんハズレである。「さみしい」とハックが言うとき、彼が感じているのは否定的な孤独感、孤立感というより、社会から離れて自然のなかに独り在《あ》ることへの豊かな両面感情であるように思える。あえて言えば、死を恐れつつも死に惹かれているような心性が、この一語に凝縮されている。lonesomeはいちおうlonelyと同義語ということになっているが、lonelyにはこのような両義性はなく、その意味で両者はぜんぜん同義ではない。“When I got there it was all still and Sunday-like, hot and sunshiny—the hands was gone to the fields; and there was them kind of faint dronings of bugs and flies that makes it seem so lonesome and like everybody’s dead and gone”（着いてみると、そこはシーンとしずまりかえって日よう日みたいだった。あつくて、日がてって、人手はみんな畑に出ていて、カブトムシやハエのブーンてゆう音がかすかにきこえて、なんだかすごくさみしいかんじで、みんな死んでいなくなってしまったみたいだった〔32章〕)。

nigger 「黒人」を意味する、現代ではきわめて不快な差別語であり、今日アメリカの白人が公式な場でこの語を用いようものなら、その人の社会的生命はその時点で終わる（あるいは終わるべきである）。この一語が出てくるばっかりに、『ハックルベリー・フィンの冒けん』はアメリカの図書館でたびたび禁書扱いされてきたし、2011 年には、200 回以上現われるこの語をすべて slave に変換した版まで刊行され、これまた論議を呼んでいる。

だが『ハック・フィン』の舞台となっている 1830 ～ 40 年代当時、この語はまったく普通に使われ、この語を口にしたからといってその人が人種差別主義者であると判断されるような文脈は存在しなかった。一方、この本が刊行された 1880 年代なかばには、この言葉を不快に感じる人も増えていて、マーク・トウェインも自分の言葉としては使わないようになっていた。

“I see it warn’t no use wasting words—you can’t learn a nigger to argue. So I quit”（これ以上コトバをムダにつかってもイミない。ニガーにまともなギロンおしえようったってムリだ。だからおれはそれっきりやめた〔14 章〕）とハックが言うとき、彼は当時の常識である、黒人は白人に劣るという大前提に立っている。『ハックルベリー・フィンの冒

けん』とは、こうした前提からハックが知らず知らずのうちに抜け出す物語とも言える。

ちなみに第6章では、見た目には白人と区別のつかない、肌の白い黒人の話が出てくるが、アメリカでは “one-drop rule”（一滴ルール）といって、黒人の血が少しでも混じっていれば黒人、とみなす考え方が長いあいだ主流だった。

raft　いかだ。遊牧民はいざ知らず、定住民にあっては家とは本来動かぬものという通念があるだろうが、ハックは “We said there warn't no home like a raft, after all. Other places do seem so cramped up and smothery, but a raft don't. You feel mighty free and easy and comfortable on a raft”（やっぱりいかだほどいい家はないよな、とおれたちは言った。ほかはどこもすごくせまくるしくてイキがつまるけど、いかだはそんなことない——いかだの上は、すごく自由で、気ラクで、いごこちがいいのだ〔18章〕）と、この動く home を謳い上げる。「移動することは善である」という、アメリカ文学のかなりの部分を貫く大前提のもっとも爽やかな実例がここにはある。

river　川。そのいかだでハックとジムが下っていくのはミシシッピ川だが、river という言葉は『ハック・フィン』において140回以上出てくるのに対し、Mississippi という語は2度しか出てこない。川と言えばミシシッピに決まっているからである。ハックは一度 “the old regular Muddy”という愛称も使っている（muddy は「泥で濁った」の意）。“When it was daylight, here was the clear Ohio water in shore, sure enough, and outside was the old regular Muddy! So it was all up with Cairo”（日が出ると、やっぱりそうだ、岸の近くはすんだオハイオの水、外の方はいつものにごったミシシッピ！　ケアロはすぎてしまったのだ〔16章〕）。ザ・リバーたるミシシッピ川こそこの小説の主人公であるとか、この小説における神であるとかいった言い方も十分可能であるくらい、本書における川の存在感は大きい。

trouble　**厄介。**ADVENTURE（⇨）の項でも触れたように、『ハックルベリー・フィンの冒けん』でハックとジムが生きぬくさまざまな「冒けん」は彼らにとって冒けんどころではなく、そこからひたすら逃げるべき、やり過ごすべきトラブルでしかない。いちおう「厄介」と訳せるが、キーワードなので出てくるたびに（100回くらい出てくる）同じ訳語で統一したいし、さりとて「厄介」でも「トラブル」でも不十分だったりそぐわなかったりするので、些末な意味で使われているときを除き、つねに「厄介《トラブル》」とルビ付きで訳し、あえて目を惹くようにした。“But I never said nothing, never let on; kept it to myself; it’s the best way; then you don’t have no quarrels, and don’t get into no trouble”（でもおれはなにも言わずに、なんのそぶりも見せずに、すべてじぶんのムネにしまっておいた。それがいちばんだ。そうしていればケンカにもならないし厄介《トラブル》にもならずにすむ〔19章〕）。

『ハック・フィン』名場面

1. 厳しい自然

ミシシッピの自然は優しくもなれば苛酷にもなる。何も見えない霧の中でハックが一人川を下るこのシーンは、自然の苛酷さを描いたいくつかの場面の中でとりわけ印象に残る。

I kept quiet, with my ears cocked, about fifteen minutes, I reckon. I was floating along, of course, ❶four or five mile an hour; but you don't ever think of that. No, you *feel* like you are ❷laying dead still on the water; and if a little glimpse of a ❸snag slips by, you don't think to yourself how fast *you're* going, but you catch your breath and think, My! how that snag's ❹tearing along. If you think it ain't ❺dismal and lonesome out in a fog that way, by yourself, in the night, you try it once — you'll see. (Ch. 15)

❶ four or five mile: 正しくは four or five miles。 ❷ laying dead still: 正しくは lying dead still（dead still ＝じっと動かずに）。 ❸ snag: 倒木の幹や枝 ❹ tear(ing) along: 突進する（tear は [tɛər] と発音） ❺ dismal: 陰鬱な

15 分ばかり、じっと耳をそばだてていたとおもう。もちろん、時そく 7、8 キロで流されてはいる。でもそんなことぜんぜんおもいもしない。まるっきり、水の上でじっとうごかずにヨコたわって死んでるみたいなかんじなのだ。とうぼくかなんかがまえをとおりすぎても、じぶんがどんなにはやくうごいてるかなんてことはおもわなくて、ハッとイキをのんで、うわああのとうぼくすげえはやさで流れてらあ！とおもうのだ。そんなふうに夜なかひとりでキリのなかにいるのがわびしくもさみしくもないとおもったら、いっぺ

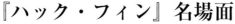

んじぶんでやってみるといい。やってみればわかる。(第 15 章)

2. のどかな自然

静かで、何も起こらないこと。実はそれこそハックとジムにとって一番幸せなことである。彼らは「冒けん」を求めてはいない。むしろいつも冒けんから逃げている。このシーンのあと、こうした完璧なのどかさは二度と戻ってこない。

Not a sound, anywheres — ❶perfectly still — just like the whole world was asleep, only sometimes the ❷bull-frogs a-cluttering, maybe. The first thing to see, looking away over the water, was a kind of dull line — that was the woods on ❸t'other side — ❹you couldn't make nothing else out; then a pale place in the sky; then more paleness, spreading around; then the river softened up, ❺away off, and ❻warn't black any more, but gray; you could see little dark spots ❼drifting along, ❽ever so far away — ❾trading scows, and such things; and long, black streaks — ❿rafts; . . . (Ch. 19)

❶ perfectly still: 完全に静かで　❷ bull-frogs: ウシガエル　❸ t'other side: 正しくは the other side。 ❹ you couldn't make nothing else out: 正しくは you couldn't make anything else out (make out =［物の形などを］見てとる)。 ❺ away off: ずっと遠くから　❻ warn't: wasn't　❼ drift(ing) along: 漂うように進む　❽ ever so far away: ずうっと向こうで　❾ trading scow(s): 商売用の平底船　❿ raft(s): いかだ

どこからも、なんの音もしない。シーンとしずまりかえって、まるでせかいじゅうがねむってるみたいだ。せいぜい、ときどきウシガエルがゲコゲコっと鳴くだけ。川むこうに目をやると、まず見えてくるのは、なんかこう、どんよりくもったみたいな線で、これはむこうがわの森だ。ほかはまだなにも見わけがつかない。それから、空に、ほんのり白っぽいところが出てきて、

やがてその白っぽさがいちめんにひろがっていく。じきに川の色も、とおくのほうからやわらいできて、もうまっ黒じゃなく、灰いろがかってくる。ちいさな黒っぽい点々がずうっと先のほうをゆっくり流れてるのが見える。しょうばいをやってる平ぞこ舟とかだ。それに、ほそ長い黒いたてじま、こっちはいかだだ。(第 19 章)

3. ハックの葛藤

ジムを持ち主に返すべきか、逃がしてやるべきか。ハックは悩みに悩み、一度は持ち主宛てに、ジムの居所を知らせる手紙まで書く(下の文章最後の “that paper” がそれ)。が、ひとたびいままでのことをふり返りだすと……

But somehow ❶I couldn't seem to strike no places to ❷harden me against him, but only the other kind. I'd see him ❸standing my watch ❹on top of his'n, stead of calling me — so I could go on sleeping; and see him how glad he was when ❺I come back out of the fog; and when I come to him again in the swamp, ❻up there where the feud was; and ❼such-like times; and would always call me honey, and pet me, and do everything he could think of for me, and how good he always was; and at last I struck the time I saved him by telling the men we had ❽small-pox aboard, and he was so ❾grateful, and said I was the best friend old Jim ever had in the world, and the *only* one he's got now; and then I happened to look around, and see that paper. (Ch. 31)

❶ I couldn't seem to strike no places: 標準的には it didn't seem I could strike any places(strike =行きあたる)。 ❷ harden me against ~: ~に対して冷たい気持ちを抱かせる　❸ stand(ing) my watch: 見はりを代わってくれる　❹ on top of his'n: on top of his(自分の見はりに加えて) ❺ I come back: 正しくは I came back。 ❻ up there where the feud was: 殺しあいの宿怨があったところで　❼ such-like times: それと同じような

時　❽ small-pox: 天然痘　❾ grateful: 感謝して

でもなぜか、ジムのことを切りすてるとっかかりみたいなものがどこにも見つからなくて、そのはんたいばかり見つかるのだった。ジムがじぶんの見はりだけじゃなくて、おれがねてられるようおれのぶんまで見はってくれてるすがたが見えた。キリのなかからもどってきたおれを見て、ものすごくよろこんでるジムが見えた。おれがしゅくえんから逃げてきて沼地にもどってきたときだって、やっぱりすごくよろこんでくれた。おれのことをいつもハニーって呼んで、かわいがってくれて、おれのためにおもいついたことはなんでもしてくれて、いつもすごくやさしかった。そしてしめくくりに、いかだで天ねんとうが出たとあの男たちにおもわせてジムをたすけて、ジムがものすごくかんしゃしてくれて、あんたはおれのサイコーのともだちだ、いまのおれのたったひとりのともだちだ、って言ってくれたときのことをおれはおもいだした。そうしてふっとあたりを見ると、紙がころがっていた。(第 31 章)

4. 人間相手の冒険

ハックがいわば「仕方なく」巻き込まれてしまう冒険のひとつが、ある死んだ男の弟二人が二組現われてしまう事件である（一方の組は、ハックとジムにまとわりついて離れないペテン師二人組)。墓が掘り返され、棺桶の蓋が開けられ、稲妻がピカッと光って……

At last they got out the coffin, and begun to ❶unscrew the lid, and then ❷such another ❸crowding, and shouldering and shoving as there was, to scrouge in and ❹get a sight, you never see; and in the dark, that way, it was awful. Hines he hurt my wrist ❺dreadful, pulling and tugging so, and I reckon he ❻clean forgot I was in the world, he was so excited and panting.

All of a sudden the lightning ❼let go a perfect ❽sluice of white ❾glare, and somebody ❿sings out:

"⓫By the living jingo, here's the bag of gold on his breast!" (Ch. 29)

❶ unscrew the lid: フタのネジを外す　❷ such another ~ as there was: またさっきと同じに～があって　❸ crowding, and shouldering and shoving: 群がり、肩で押し、肘でつついて　❹ get a sight: 一目見る　❺ dreadful: ひどく　❻ clean forgot: きれいに忘れた　❼ let go: 放った　❽ sluice: ほとばしり　❾ glare: ぎらついた光　❿ sing(s) out: 声を上げる　⓫ By the living jingo: こりゃ驚いた

やっとのことでかんおけを穴から出して、フタのねじをゆるめはじめると、みんなひと目見ようとわれもわれもと寄ってきて肩で押しあいヒジでつつきあい、いやもうすさまじいったらない。これをまっくらななかでやってるんで、よけいにブキミだった。おれはハインズにぐいぐい引っぱられて手クビがいたくてたまらなかったけど、むこうはすっかりコーフンしてハアハアとイキもあらく、こりゃおれのことなんてきれいにわすれてるなとおもえた。

と、とつぜんイナズマがかんぺきにまっ白い光を落として、だれかが「こりゃたまげた、金かのふくろがピーターのムネの上にあるぞ！」とさけんだ。(第 29 章)

5. ジムとハックの珍問答

ジムは無知である。ハックも無知だがジムより少しは知っている。だがジムは時として妙に弁が立つ（そして実は、ジムこそ倫理的にもっともすぐれた存在であることが、やがて明らかになる）。フランス人がアメリカ人とは違う言語を喋るということを、ハックはジムに納得させることができず、逆に論破されてしまう……

"❶Looky here, Jim, does a cat talk like we do?"

"No, ❷a cat don't."

"Well, does a cow?"

"No, a cow don't, ❸nuther."

"Does a cat talk like a cow, or a cow talk like a cat?"

"No, ❹dey don't."

"It's natural and right for ❺'em to talk different from each other, ain't it?"

"❻'Course."

"And ❼ain't it natural and right for a cat and a cow to talk different from *us*?"

"Why, ❽mos' sholy it is."

"Well, then, why ain't it natural and right for a *Frenchman* to talk different from us? — You answer me that."

"Is a cat a man, Huck?"

"No."

"Well, ❾den, ❿dey ain't no sense in a cat talkin' like a man. Is a cow a man? — ⓫er is a cow a cat?"

"No, she ain't either of them."

"Well, den, she ⓬ain' got no business to talk like ⓭either one er the yuther of 'em. Is a Frenchman a man?"

"Yes."

"*Well*, den! ⓮Dad blame it, why ⓯doan he *talk* like a man? — you answer me ⓰*dat!*"(Ch. 14)

❶ Looky here: いいか、おい　❷ a cat don't: 正しくは a cat doesn't。❸ nuther: 正しくは neither。❹ dey: 正しくは they。❺ 'em: them の略。❻ 'Course: Of course の略。❼ ain't it: isn't it。❽ mos' sholy: 正しくは most surely。❾ den: 正しくは then。❿ dey ain't no sense: 正しくは there is no sense。⓫ er: 正しくは or。⓬ ain't got no business to ~: 〜するいわれはない　⓭ either one er the yuther of 'em: 正しくは either one or the other of them。⓮ Dad blame it: ほとんど意味のない感嘆句。⓯ doan: 正しくは doesn't　⓰ dat: 正しくは that

「なあジム、ネコは人げんみたいにしゃべるか？」
「いいや、しゃべらねえ」

「じゃ、牛はどうだ？」
「牛もしゃべらねえ」
「ネコは牛みたいにしゃべるか？　牛はネコみたいにしゃべるか？」
「いいや、しゃべらねえ」
「みんなちがうしゃべりかたするの、しぜんでまっとうなことだろ」
「もちろん」
「で、ネコや牛がおれたちとちがうしゃべりかたするの、しぜんでまっとうなことだろ」
「ああ、そうともさ」
「じゃあさ、フランス人がおれたちとちがうしゃべりかたするの、しぜんでまっとうじゃねえか？——こたえてくれよ」
「ハック、ネコは人げんか？」
「いいや」
「それじゃ、ネコが人げんみたいにしゃべるのはスジがとおらねえ。牛は人げんか？——それとも牛はネコか？」
「いいや、どっちでもねえ」
「それじゃ、牛が人げんやネコみたいにしゃべるいわれはねえわけだ。フランス人は人げんか？」
「ああ」
「な、そうだろ？　だったらなんで、人げんらしくしゃべれねえんだ？——こたえてくれよ！」（第 14 章）

6. 哲学者ジム

遭難したと思ったハックがぴんぴんした身で現われたのでジムはすっかり混乱してしまい、私は誰か？　私は本当に私なのか？　私は本当にここにいるのか？　といった根本的な存在論的問いに直面する。ここでも、実はものすごく大事な問いが、ムチャクチャな英語で問われているところが味。

だがこのあとジムは、いかだの上にどっさり載った枝や葉を証拠として論理的に推理を進め、しっかり真実に到達してハックを恥じ入らせる。存在論的混乱は、ちゃんと解消されるのである。

“Hello, Jim, have I been asleep? Why didn’t you ❶stir me up?”

“❷Goodness gracious, is dat you, Huck? ❸En you ain’ dead—you ain’ drownded — you’s back agin? It’s ❹too good for true, honey, it’s too good for true. Lemme look at you, chile, lemme ❺feel o’ you. No, you ain’ dead! you’s back agin, ’live en soun’, jis’ de same ole Huck—de same ole Huck, ❻thanks to goodness!”

“What’s the matter with you, Jim? ❼You been a drinking?”

“Drinkin’? Has I ben a drinkin’? Has I had a chance to be a drinkin’?”

“Well, then, what makes you talk so wild?”

“How does I talk wild?”

“*How?* Why, hain’t you been talking about my coming back, ❽and all that stuff, as if I’d been gone away?”

“Huck — Huck Finn, you look me in de eye; look me in de eye. *Hain’t* you ben gone away?”

“Gone away? Why what ❾in the nation do you mean? *I* hain’t been gone anywheres. Where would I go to?”

“Well, ❿looky-here, boss, ⓫dey’s sumf’n wrong, dey is. Is I *me*, or who *is* I? Is I heah, or whah *is* I? Now dat’s what I wants to know.”

❶ stir me up: おれを起こす　❷ Goodness gracious: こいつはたまげた　❸ En: 正しくは And（以下、ain’: ain’t = aren’t / drownded: drowned / you’s: you are / Lemme: Let me / chile: child / agin: again / ’live: alive / soun’: sound / jis’: just / de: the / ole: old / ben: been / hain’t: haven’t / heah: here / whah: where / dis: this）。❹ too good for true: 正しくは too good to be true。❺ feel o’: feel of（～を手でさわってみる）　❻ thanks to goodness: 普通は thank goodness（ありがたや）　❼ You been a drinking?: Have you been drinking? (-ing 形の前に意味のない a が挿入

されるのは、バラッドなどでもよく見られる） ❽ and all that stuff: とか何とか ❾ in the nation: What や Why で始まる疑問文を強める（in the world などと同じ）。❿ looky-here: look here（なあおい） ⓫ dey's sumf 'n wrong: there is something wrong

「ようジム、おれねてたの？　なんでおこしてくれなかったの？」と言った。
「こいつぁたまげた、あんたかい、ハック？　あんた、死んでないんだね ── おぼれてねえんだね ── かえってきたんだね？　ウソみてえだよハニー、まるっきりウソみてえだよ。顔見せとくれよぼうや、さわらせとくれよ。うん、死んじゃいねえ！　かえってきたんだね、生きて、元気で、いつものハックで ── いつものハックだ、ありがたや！」
「どうしたのジム、酒でものんでたのかい？」
「のんでた？　おれがのんでた？　おれにのむヒマなんてあったかね？」
「じゃあさ、なんでそんなムチャクチャ言うわけ？」
「ムチャクチャってなんのことかね？」
「なんのこと？　だっておまえ、おれがかえってきたとかなんとかワアワア言ってるじゃん。なんか、おれがどっか行ってたみたいにさ」
「ハック ── ハック・フィン、おれの目をよぉく見てくれ。よぉく見てくれよ。あんた、どこへも行ってなかったかい？」
「行ってた？　いったいなんの話だい？　おれ、どこにも行ってなんかいねえよ。どこへ行くってんだい？」
「なあ、いいかいボス、なんかがヘンなんだよ。おれはおれかね、じゃなけりゃおれだれだ？　おれはここにいるのか、それともどこに？　おしえてほしいもんだね」（第 15 章）

"Is I me, or who is I?" ── こういう名文句に直面するとき、翻訳者は自らの無力を（あらためて）思い知る。

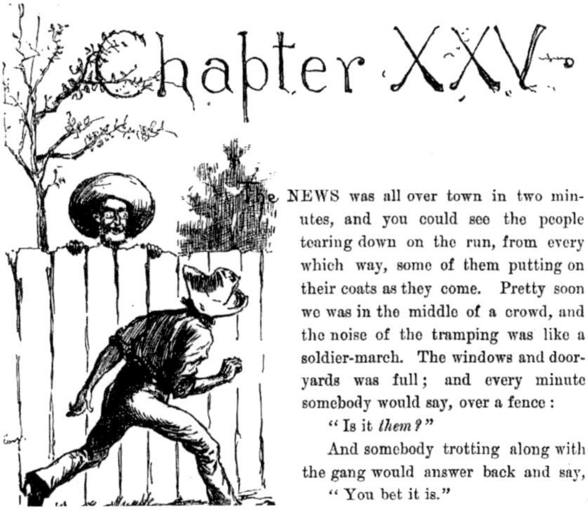
Chapter XXV

THE NEWS was all over town in two minutes, and you could see the people tearing down on the run, from every which way, some of them putting on their coats as they come. Pretty soon we was in the middle of a crowd, and the noise of the tramping was like a soldier-march. The windows and door-yards was full; and every minute somebody would say, over a fence:

"Is it *them?*"

And somebody trotting along with the gang would answer back and say,

"You bet it is."

II

『ハック・フィン』をどう読むか

ハックはどう読まれてきたか

現代アメリカ作家が語る『ハック・フィン』

『ハックルベリー・フィンの冒けん』書評

ハックはどう読まれてきたか

T・S・エリオット『ハックルベリー・フィンの冒険』序文
(T. S. Eliot, "Introduction to *Huckleberry Finn*," 1950)

『ハック・フィン』を偉大にしている二大要素として「少年」と「川」("the Boy and the River")を挙げ、ハック・フィンの永遠の根無し草性と、一貫して彼の言葉で語られる小説言語の真正さ(神聖さ?)を讃え、『ハック・フィン』の世界を動かしている、時に優しく時に荒ぶる神としての川を言《こと》祝《ほ》ぐ文章。

この本に文体を与えているのはハックである。川はこの本に形を与えている。川がなかったら、この本はハッピーエンドを伴った冒険の連なりでしかないかもしれない。川が、ものすごく大きくて力強い川こそが、人間の遍歴の路程を十全に決めることができる唯一の自然力なのだ。〔……〕ハックとジムの船旅を支配するのはその川である。ケイロに二人を上陸させずジムが自由になる機会を奪うのも、二人を離ればなれにしハックをしばしグランジャフォード家にとどまらせるのもその川である。二人をふたたびひとつにし、王と公爵という歓迎されざる仲間を二人に押しつけるのもその川である。我々はくり返し、川の存在と力を思い知らされる。

大江健三郎「ハックルベリー・フィンとヒーローの問題」(1966)

社会にも家庭にも属さず、さりとて黒人ジムを積極的に解放しようという気でいたわけでもないハック・フィンが、ジムと筏で暮らすなかで、「しだいにかれ自身の、時代と社会への態度をつくりかえてゆき、そして最後に、かれ自身の意志において、絶対的な選択、あるいは決断をおこな」うことを重視し、「ぢやあ、よろしい、僕は地獄に行かう」(大江が読んだ

1941年中村為治《ためじ》訳）というハックの一言にこの小説のクライマックスを見てとり、ハック、リンドバーグ、ジョン・F・ケネディにアメリカン・ヒーローの系譜を認める論。

このようにしてハックルベリー・フィンは、いわば実存主義的なヒーローとなる。マーク・トウェインはハックルベリーのために、黒人ジムが、じつはすでに自由に解放された黒人だったという抜け穴を用意してやって、かれが結局は、地獄へ行かなくてすむように工夫したのであるが、しかしハックルベリー・フィンは、いったんそのような選択をしたのであり、かれは再び土人部落《テリトリー》に出発する筈なのであるから、ハックルベリーがやがて、誰からも抜け穴を準備されない地獄への道をたどるであろうことは、ほぼ疑いをいれない。ハックルベリーは、かれの時代・社会そして神からも自由になり、赤裸の状態で孤立してそれらに相対し、《ぢやあ、よろしい、僕は地獄に行かう》という。しかもなお、その瞬間から、かれはかれの時代の、またすべての時代にわたってのアメリカを代表するヒーローとなったのである。

トニ・モリスン『ハックルベリー・フィンの冒険』序文 (Toni Morrison, "Introduction to *Huckleberry Finn*," 1996)

同じモリスンの『ハック・フィン』論でも、『白さと想像力――アメリカ文学の黒人像』（*Playing in the Dark: Whiteness and the Literary Imagination*, 1992）は黒人の描き方に対する批判が中心だが、その後に書かれたこの論では、作品の随所に見られる沈黙や空白に注目し、書かれていないことに関し、書かれていることと同じくらい豊かな読みを引き出している。

『ハックルベリー・フィンの冒険』の主たる偉業は、その辛辣で、写真の如く写実的で、音として迫真性に満ちた言語と、統制かつ混沌の源として構造的に川を用いていること、この二つであるように思えるが、この小説の真価の大半は、その休止に、沈黙に存する。種々の沈黙が全体に浸透し、一種穴だらけの状態をつくり出し、それが憂鬱であったり和ませるものであったりという事態が交互に生じる。行動に近づく瞬間、行動から出ていく瞬間に沈黙は潜んでいる。あるいは、目の端で見られた横道や入江に。抑え気味のイメージのなかで、「さみしい」といったシンプルな言葉がくり返され、夕方の鐘のように響くとき。何も口にされない瞬間、まさにはっきり語られないからこそ場面や出来事が読む者の心を耐えがたく満たし、ほとんど意志に反する強さで想像力の行使を強いる。子供ならではの美しい雄弁のなかで、静けさは時に胸が裂けそうなほどだ。「月光の下であおむけにねころがると、空ってものすごくふかく見える」。「……おおきな木におおわれて、暗くていんきだった。木《こ》もれ日が地めんにそばかすをつくっていて、そのそばかすがすこぉしはねるんで……」。だが、疎外や死をめぐる恐ろしい思いに包まれる瞬間もある。船着き場で話している、姿は見えないが声は水を越えて伝わってくる楽しそうな男たちの会話をハックは書きとめる。男たちの言葉をハックは逐一報告するけれども、この場面が記憶に残るのは、ハックが彼らから隔たっているから、笑いあう男同士の連帯感から切り離されているからなのだ。

外界からの恐怖を抱え、内なる憂鬱と、死への衝動を抱えたハックが、社会の中に安住できないのはむろん、自然の中に一人でいることにも実は耐えられないことをモリスンは正しく指摘する。その二極化された困難を解決してくれるのが、言うまでもなくジムである。

社会の中にいるとき——上品な社会であれ規範外の社会であれ、豊かでも貧しくても——ハックはその社会の欺瞞、不条理、恐ろしさに敏感であり、それらに圧倒されている。が、一人でいても彼は落ち込み、自然を脅威と見ることの方が多い。ところが、彼とジムが唯一無二の「おれたち」になるとき、不安は外側にあって、内側にはない。「川のさみしさをながめながら〔……〕一時かんばかり〔……〕ずっしり手にとれるようなさみしさがあるだけ」。制御しようのない恐怖は、牧歌的にのどかな、親密な無時間性にとって代わられ、そこには年齢、地位、大人の支配から生じる上下関係もない。私には、陸の罠と脅威に抗して川自体がこうした慰撫をもたらしていると思えたことは一度もない。慰めは、ハックが焦がれる癒しの力は、ジムの積極的な、はっきり言葉にされた愛情によって可能になる。ジムと一緒だからこそ、ハックが見る自然の怖さも消え、嵐さえも美しく崇高なものとなり、本当の会話が——滑稽であれ辛辣であれ悲しいものであれ——始まるのだ。

そうした牧歌的な事態が永続しないところにアメリカの悲惨が存することは言うまでもない。そのことの分析が論の後半を占めている。

平石貴樹『アメリカ文学史』（2010、松柏社）第 11 章「トウェインと個人主義の夢」

マーク・トウェインを基本的に「おとなになることをこば」んだ作家と捉え、『ハック・フィン』をトウェインがおとなになろうとした（＝奴隷制を維持してきた南部すなわち彼自身の過去を批判し清算しようとした）ものの、その企てが「中途半端」に終わらざるをえなかったことを作品に即して論じる。「ぢやあ、よろしい、僕は地獄に行かう」とハックが胸のうちで宣言する瞬間を特権視する代わりに、結末のジム「解放」の茶番劇をはじめとして、むしろハックが「ジムの身の上を真剣に心配していないように見える」箇所を指し示し、そこに「中途半端」の実態を見てとる。

真剣さにかんするハックの中途半端さを考えるうえで、どうしても見のがせないもうひとつの例は、物語の中ほど、霧の中でハックたちが寝すごし、筏がイリノイ州南端のオハイオ川の分岐点を通過してしまう場面である。その分岐点をいったん通過してしまえば、そこから先、いくらミシシッピ川を下っても、筏は南部のただ中へむかうばかりで、ジムが自由になれる可能性がどんどん狭められていくことは明白である。本当にジムを助けたいのなら、どうしてハックはもっと慎重に行動しなかったのか。あるいはなんとかして分岐点まで戻る方法を考えなかったのか。読者には疑問が残らざるをえない——この疑問がトウェイン自身の疑問でもあったために、この作品の執筆は、川の分岐点を通過してからまもなく、長い中断におちいったことが、専門家の原稿調査から突き止められている（Walter Blair, *Mark Twain & Huck Finn*）。

それではハックは――あるいはここではむしろトウェインは、と言ったほうがいいかもしれないが――ジムを本当に助けたいと思っていたのか、いなかったのか。奴隷の身の上を真剣に案じて、南部のイデオロギーに全面的に反発する気持ちが、かれには本当にあったのか。

その答えはおそらくイエス・アンド・ノーで、トウェインにはその気持ちがあったけれども、中途半端だったのだ、というのが、この作品から引き出される結論であるほかはない。すなわちかれは、意図のうえでは南部を批判し、ジムを助けようとした（中断された作品原稿の再開は、トウェインがミシシッピ川をあらためて旅行して、南部批判の意識を強めることによってうながされたと考えられている）。だが、その意図を実際以上に簡単なものと見くびったために、あるいはほぼおなじことだが、自己批判をふくまざるをえない南部批判を、あまり徹底的にやりたくなかったために、うっかりした＝下意識の水準では、つい南部人として、不徹底にふるまって、ジムのことを真剣に心配することをおこたったのだろう。こうした整理は、この作品を最初に読んで、トウェインが意図的に目だたせようとした場面が印象に残っているあいだは、南部批判の主題に理解が進むけれども、注意ぶかく再読してみると、細部におけるさまざまな、隠れた矛盾に気づかされて、それらが第一印象を裏切る様子が気にかかりはじめる、という、しばしば言われる読者の読後感の変化にも、対応しているように思われる。

Frederick Waddy による 1872 年のイラスト

現代アメリカ作家が語る『ハック・フィン』

Laird Hunt（1968- ）

The first literary pilgrimage I made when I was sure I wanted to be a writer was to Hannibal, Missouri, to see the place where Mark Twain grew up. I remember little about the house he lived in during his boyhood or what else remained of the town he would have known in the 1840s, but I do remember the river, running deep and wide in the afternoon light. I had at that point read some of Twain's humorous short stories and *The Adventures of Tom Sawyer* and had seen the corresponding Don Taylor movie from the early 1970s — which turns the fictional town of St. Petersburg, Missouri, which is based on Hannibal, into a kind of sempiternal playground where even when things turn deadly they never seem too difficult — but I had not yet read the novel that prompted Ernest Hemingway to declare that "All modern American literature comes from one book by Mark Twain…" So on that visit I thought of the town and river mainly as the launching pad for the jokes and pranks that I remembered. Reading *Adventures of Huckleberry Finn* changed that. For if all of Twain's riotous humor is there, and that familiar sense of picaresque adventure still presides, the scope of Twain's wonder-

レアード・ハント（1968- ）

作家になりたい、と心が決まったときまず最初に行なった文学的巡礼は、ミズーリ州ハンニバルに行ってマーク・トウェインが育った場所を見ることだった。トウェインが子供のころ暮らした家のことも、トウェインが1840年代に知っていたであろう町の名残りもいまではほとんど覚えていないが、川は覚えている。午後の光のなかで、川は深く、広く流れていた。その時点で私は、トウェインのユーモラスな短篇を何点かと、『トム・ソーヤーの冒険』を読んでいて、ドン・テイラーによる1970年前半のトム・ソーヤー映画版も見ていた（ハンニバルに基づいた虚構の町ミズーリ州セントピーターズバーグは、映画では一種永遠の遊び場に変えられていて、恐ろしい事態が生じてもそれほど困難には思えないのだった）が、アーネスト・ヘミングウェイをして「今日のアメリカ文学はすべてマーク・トウェインのハックルベリー・フィンという一冊の本から出ている」と言わしめた小説はまだ読んでいなかった。だから訪問時の私は、まずはその町と川を、読んで記憶していたジョークや悪戯の発射台として考えていた。『ハックルベリー・フィンの冒けん』を読んでそれが変わった。奔放なユーモアは相変わらずそこにあるし、いつものピカレスク的冒険の手ざわりも依然として核にあるけれども、驚異の感覚に満ちたトウェインの展望はもっとずっと壮大に広がっている——あたかもその中心を流れる川から底がなくなり、果てもなくなったかのように。最近私は、ハックとジムと、二人がかくも愛した川とを念頭に置いて、サーカ

filled vision is much grander, as if the river that runs through the center of it, had become both bottomless and endless. Recently, with Huck and Jim and the river they so loved in my mind, I started a long story that is narrated by a circus elephant who has fallen into the Mississippi and is telling of how he came to be there and why he has decided never to leave those deep and wild waters. It is a story of things that really shouldn't be there and yet somehow are, a story that neither I nor the elephant have an ending for, a story about the United States and the great, wide world beyond it, a story started, in *Adventures of Huckleberry Finn*, by Mark Twain.

スの象が物語る長い物語を書きはじめた。この象はミシシッピ川に落ちて、自分がどうやってそこに行きついたか、なぜその深い野生の川を去らないことに決めたかを物語る。それは、本当はそこにあるべきでないのになぜかあるものたちの物語であり、私にも象にも終わりが見えていない物語、合衆国とその彼方に広がる大きな世界の物語であり、マーク・トウェインが『ハックルベリー・フィンの冒けん』において始動させた物語なのだ。

Rebecca Brown (1956-)

I first read Huck Finn in a Classics Illustrated comic, a series that did great literature like Shakespeare and *The Odyssey* and HG Wells in comic book form that you could buy at the drug store when I was a kid for 15 cents a pop. These comics taught me to read and look at pictures and fall in love with the getting away from everything reading was. The stories they told were adventures, whether creepy and weird like *Frankenstei*n, or old like *Ivanhoe* or *The Man in the Iron Mask*. Even *Romeo and Juliet* was an adventure; the cover showed Romeo having a sword fight with another guy, not talking to Juliet. I liked it especially when the people went far away from their parents and school and everything to islands like Robinson Crusoe or Huck Finn on the river. On Huck's Classic Illustrated cover (No. 19 in the series), he's alone. He's on his raft wearing a scrappy straw hat and patched blue pants and a bright red shirt and smiling straight at you, a kid who's free. He doesn't have a family anymore but he has, as you learn when you read the comic, a friend in Jim. Jim is an adult but he doesn't talk down to Huck, they're almost equals. Both of them

レベッカ・ブラウン（1956- ）

初めて読んだハック・フィンは「クラシック・イラストレイテッド」漫画版だった。それはシェークスピアや『オデュッセイア』やH・G・ウェルズなどの名作を漫画にしたシリーズで、私が子供のころドラッグストアで一冊15セントで買えた[1]。私はこれらの漫画のおかげで、字を読んで絵を見て、「読書とはこういうものだ」という縛りすべてから逃れることを覚え、夢中になった。そこで語られる物語は、『フランケンシュタイン』みたいに不気味でおどろおどろしくても、『アイヴァンホー』や『鉄仮面』みたいに古めかしくても、みんな冒険談だった。『ロミオとジュリエット』ですら冒険談だった。表紙のロミオは、ジュリエットと話しているんじゃなくて、別の男とチャンバラをやっていたのだ。とりわけ好きだったのは、主人公が親や学校や何やかやから遠く離れたところへ行く話だ――孤島に行くロビンソン・クルーソーとか、川を下るハック・フィンとか。クラシック・イラストレイテッド版ハック（シリーズ19番）の表紙の彼は一人きりだ。筏に乗って、ボロの麦わら帽、つぎを当てた青いズボン、明るい赤のシャツという格好でニコニコ笑ってまっすぐこっちを見ている[2]。自由な男の子。もう家族はいないけれど、漫画を読めば、ジムという友を得

1　*Classics Illustrated* は1941年に *Classic Comics* のシリーズ名でスタート、以後169点を刊行、総売上げ部数10億部以上と言われる。

2　この表紙は現在も流通している版のもので、初版表紙のハックはボートに乗っていて、うしろにはジムの姿も見える。

need to escape, Huck from his dad, and Jim because he's a slave, a Negro, or in the book, the "n word," which no one was ever supposed to say; it meant you were "prejudiced." Was I eight or nine when I read this comic? Around the time of the Birmingham bombings? The March on Selma? Was I aware of that? That the world I lived in a hundred years after Jim and Huck had somewhat changed but not as much as everyone pretended?

ることがわかる。ジムは大人だけれど、ハックに対し大人が子供に喋るような上からの喋り方はしない。二人はほとんど同等だ。そして二人とも逃げる必要がある。ハックは父親から、ジムは奴隷だから、ニグロだから、本のなかの言葉を使えば「ニ××」だから——絶対言ってはいけない言葉、言うのは「偏見」の持ち主だとされている言葉。この漫画を読んだとき私は8つだったか、9つだったか？　バーミングハムの爆破事件のころか[3]？　セルマの行進[4]？　私はそういうことを意識していたか？　自分が生きている、ジムとハックから100年経った世界が、少しは変わったけれど、みんながふりをしているほど変わってはいないことを？

3　1963年9月、アラバマ州バーミングハムの教会で白人至上主義者によるテロ爆破事件が起き、黒人の女の子4人が死亡。ちなみにレベッカ・ブラウンは1956年生まれ。

4　1965年3月、アラバマ州セルマで行なわれた非暴力公民権運動デモ。無抵抗なデモ隊が残酷に弾圧され、「血の日曜日事件」と呼ばれる。

Steve Erickson (1950-)

Possibly on the verge of a dark and mean America v.3.0 that will negate the two versions of the country that preceded it, we might remember that the writing of *Adventures of Huckleberry Finn* was begun in the early morning hours of America v.2 a little more than a decade after the Civil War and the death of Slave America, of which the novel is a more scathing recounting than its surface wit leads us to believe. Mark Twain's masterpiece exists at the hinge of those first two Americas. In other words it is and was an historical novel as soon as it was completed (around the time Frederick Douglass' autobiography was published), an historical novel of the earlier enslaved America that the new free America meant to kill: the earlier treacherous America, the America of the Asterisk, the America that betrayed itself and broke its promise the moment that promise was made, the enslaved America whose death throes—a century and a half later, when millions of white Americans still won't admit the Civil War was about slavery—the current America yet struggles to shake off. If *Huckleberry Finn* remains the Great American Novel that it perennially claims to

スティーヴ・エリクソン（1950- ）

先行する2バージョンのアメリカを無にしてしまいそうな暗く陰険なアメリカv.3.0がいまにも始まろうとしている現在、『ハックルベリー・フィンの冒けん』執筆が始まったのが、アメリカv.2が生まれて間もない、南北戦争が終わり、この小説がうわべの機知から予想されるよりずっと痛烈に語っている〈奴隷アメリカ〉が死んで10年あまり経った時点だったことを思い起こしてもいいだろう。マーク・トウェインの傑作は、それら一つ目と二つ目のアメリカの接合点に位置している。言い換えればこれは歴史小説であり、書き上げられると同時に（フレデリック・ダグラスの自伝が出版されたのとほぼ同時に[1]）すでに歴史小説だった。一つ目の、奴隷化したアメリカ、新しい自由なアメリカが葬り去るはずだったアメリカをめぐる歴史小説。腹黒い最初のアメリカ、星印付きのアメリカ[2]、自らを裏切り約束が為された瞬間に約束を破ったアメリカ。奴隷化したそのアメリカの断末魔の苦しみを、一世紀半が過ぎた、南北戦争が奴隷制をめぐる戦争だったことをいまも何百万もの白人アメリカ人が認めようとしない今日も、アメリカはいまだ振り落とそうとあがいている。永年、我こそは偉大なアメリカ小説なりと称している『ハックルベリー・フィン』が、もしいまも本当にそうだとすれば、それは、その声が根っからアメリカ的であるからだけでなく、その現状を覆す力が、いまも生きているからだ。ハックのなか、そして奴隷のジムとともに自由めざし

1　フレデリック・ダグラス（1818-95）は奴隷として生まれたが1838年に逃亡、1840年代から自伝を刊行し、1881年、決定版とも言うべき *Life and Times of Frederick Douglass* を発表。

2　たとえば独立宣言に “all men are created equal”（すべての人間は平等に造られている）とあっても、そこに見えない星印があって、「ただし白人に限る」といった付加条項が隠れているということ。

be, it's not only because its voice remains so radically American but because its subversions persist, because in Huck and his flight for freedom with the slave Jim there can still be seen the aspirational America, the America of an innocent spirit, the America constantly in pursuit of its own uncharted self, and also the America of the never-healing dark heart whose bruise is distilled in the single most vile word in the American lexicon, the word that refers to Jim's color and that explodes like a bomb every time it's read. Nothing attests to Huckleberry Finn's power like its capacity to still unsettle us for the way it reminds us who we still are—both Huck and Jim on the run, and also the ravenous and despicable nation that runs them down and that now, all this time later, runs down the rest of us, too.

て逃げる旅のなかに、希求するアメリカが見える。無垢な魂のアメリカ、地図に記されていない自分自身をつねに追いもとめるアメリカ、さらには、決して癒えない暗い心のアメリカが——その傷はアメリカ語の辞書のなかでもっとも悪なる言葉に凝縮され、ジムの肌の色に言及したその一語は、読まれるたびに爆弾のように破裂する。『ハックルベリー・フィン』の力を何より如実に示しているのは、私たちをいまだ根底から揺すぶり、私たちがいまだ何者であるかをこの本が思い出させてくれるという事実だ——我々は逃走するハックでありジムであり、そしてまた、彼ら二人を追いつめ、これだけの時が経ったいまも、残った私たちを追いつめている強欲で卑劣な国家なのだ。

『ハックルベリー・フィンの冒けん』書評

横尾忠則
「老年期のための大人の児童書」

133年前の名作がなぜ書評に？　驚きますよね。頁《ページ》を開くと漢字は数えるほど。平仮名と片仮名ずくめ。題名も「冒険」ではなく「冒けん」。児童本？　「ＮＯ！」。従来の翻訳は「何が語られているか」が問題。本書は違います、「どう語られているか」が重要。浮浪者のような少年ハックが一人称で語り、そして書く（スペルの間違いにも無頓着）方言も翻訳者が素晴らしい口語体に訳し、あの時代、あの場所に読者をアブダクト（拉致）してくれる。アメリカ文学はここから始まったとヘミングウェーに言わしめた、マーク・トウェインの歴史的記念碑作でもあります。

本書の前編『トム・ソーヤーの冒険』は毒気の抜けた良い子のための児童書って感じだが、某批評家はトムを「good bad boy」と呼び、ハックを「bad bad boy」と呼ぶ。『ハックルベリー・フィンの冒けん』は人種差別に対する痛烈な批判によって悪漢小説として禁書に選定されたこともあります。

ちょっと話題を挿絵に振ると、ここにはノーマン・ロックウェルの原質がある。まるで舞台の名演技を見ているように思えます。

ハックは自由奔放で無防備、無手勝流。黒人ジムとのロードムービー的川下りには南部の生活が生き生きと活写され、それがぼくたちの子供時代の原郷へ魂が運ばれていくそんな現実と幻想の中で、内なる野性の少年魂の呼吸がうずく。学校に興味のなかった僕たちガキ大将の集団は野山や川を疾風のように駆け抜ける野盗の一団で、誰もがハックでトムになりたがる奴はひとりもいなかった。

僕たちが抱えているパンドラの函《はこ》にはヤバイ、ダサイ、エグイ冒険心と不透明な悪意がどっさり詰まっていた。その中身は老年期真っただ中で創造の宝物に変わって今こそ必要とするハック魂に気づかされた思いです。本書は老年期のための大人の児童書だと勝手にきめつけています。

（『朝日新聞』2018 年 2 月 18 日）

池内紀
「きわめて上手に下手な語りを再現」

タイトルに「おやっ」と思うだろう。「冒けん」とある。ページをひらくと、わかってくる。同じようなのが、どんどん出てくるからだ。「『トム・ソーヤーの冒けん』てゆう本」があって、「マーク・トウェインさんてゆう人」がつくった。つづいて未ぼう人、盗ぞく、洞くつ、サッチャー判じ、利し……。

勉強の足りない中学生のような書き方だが、実際、そのように書いてあって、訳者は正確に訳した。「ハックルベリー・フィン」は「トム・ソーヤー」の続篇とされているが、マーク・トウェインのような才知あふれた人が、前作の人気にあやかる二番煎じなど書くはずがない。まったくちがった物語を世に出した。表記からわかるとおり、ハックの冒険は全篇ハックルベリー・フィンが語るつくりになっている。作者が悪ガキ、浮浪者の少年にもぐりこんで、冒険の一部始終を報告させた。

むろん、下手くそな語り手である。ちゃんとした語彙《ごい》は使えないし、言いまちがうし、同じことをくり返す。語り口の一例をあげると、こんなぐあいだ。

「で、暗くなってから川ぞいの道をのぼってって……」

「で、そのうち、みさきのむこうからあかりがひとつまわってきたから……」

作者はきわめて上手に下手な語り方を再現した。そのなかに少年の正確無比な観察も入れこんだ。

ハックが久しぶりに父親と出くわすくだり。アル中で、暴れ者の浮浪者で、町中の嫌われ者、黒い髪と黒いあごヒゲがもつれ合っている。そんな「かみにかくれてないところ」は白いが、ほかの人の白いのとはちがい、「ムネがわるくなるみたいな白、鳥ハダがたつみたいな白だ」。どうしようもない悪に色があるとすれば、こんな白ではあるまいか。

少年が語り手であって、冒険のすべてが少年という「のぞき穴」を通して伝えられる。ハックが見聞しないことは語れない、せいぜい伝聞として入れ込むしかない。

だから当初は副主人公のように出てくる父親が、90ページ前後でパタリと消える。再び出てくるのは529ページ目、つまり最終ページで言及されるなど。「のぞき穴」にのぞかないと、語りようがないからだ。

仮りに「のぞき穴の原理」とすると、これこそ冒険譚《たん》にもっともふさわしいスタイルだろう。冒険にあっては、一瞬先のことは当人にもわからない。偶然をたよりに、とっさの判断で、状況をしのいでいく。窮屈なダグラス未ぼう人の家をとび出したハックルベリーが、まさにそうだ。偶然手に入れたカヌーで島に逃れ、逃亡奴隷のジムとともに、たまたま手に入れたいかだで大ミシシッピ川を下っていく。

その途中、旅する二人をいかだに受け入れた。当人たちの言い草によると、世が世であれば、公爵、王さまとたてまつられるはずのやんごとなき人物。つづく少年の報告。「このウソつきどもが王さまでも公しゃくでもないことをおれが見ぬくのに、さして時かんはかからなかった」

悪たれ少年はことのほか聡明で、ことのほか成熟している。ペテン師どもが集団リンチへつれていかれるのを目撃して考えた。人間というのは、なんと残酷になれるものか。つづく少年の省察。「人げんのうちがわで、良心ってのはなによりゴソッと場しょを食うのに、なにもいいことなんかない」

『ハックルベリー・フィン』が初めて訳されて百何年になるのか知らないが、ここに初めて日本語として名作が誕生した。

（『毎日新聞』2018年2月18日）

谷崎由依

「ハック・フィンの声を、いま、聴くということ」

追体験することのできない遠い過去や、誰にとっても失われた場所を再現するには、どうしたらいいのだろう。またはそうした時代や場所において外国語で書かれた言葉を、いま、ここで、そのときと等価に感じさせるには——。柴田元幸氏による新訳『ハックルベリー・フィンの冒けん』を読みながら、そんなことを考えた。半分漢字で半分ひらがなの「冒けん」という題からも想像される通り、本文はハックの言葉足らずな調子を再現した訳となっている。森で好きに暮らし、服を着るのは大嫌い、寝るのは樽のなかという浮浪児だったハックだが、前篇『トム・ソーヤーの冒険』の結末で、洞窟に隠された財宝をトムと一緒に発見した。その結果金持ちの未亡人の庇護下に置かれ、まっとうな生活を強いられた挙げ句、ハックの言葉は「口の中で無味乾燥なものとなり果て」てしまった。未亡人から逃げ、乱暴な生みの父親からも逃げて、水を得たかのようなハック語で書かれたのがこの手記だ。

ハックの父はアルコール中毒で、長く行方をくらましていたが、息子が大金を得たと知って財産目当てに戻ってきていた。字を覚えたハックを罵倒し、虐待を繰り返す（作中そんな言葉は使われないし、あっけらかんと書かれてはいるが）。逃げるしかないと悟ったハックは、なんと豚の血を使って自分の死をでっちあげる。大騒動になった村から、今度は奴隷のジムがやってくる。ジムは未亡人の妹ミス・ワトソンの所有だったが、ニューオリンズへ売られそうになったため逃亡してきた。彼らの住むミズーリ州とは違い、綿花栽培の盛んな深南部では、奴隷仕事は肉体労働となり、過酷をきわめる。ハックとジムのくだるミシシッピ川はさまざまな州をまたがって流れ、途中ケアロで支流のオハイオ川にわかれる。ここから東、オハイオ川以北は自由州で、奴隷所有を禁止していた。ジムの身を解き放つため二人の立てた計画は、ケアロで舵を切り、オハイオ川を北へ渡るというものだ。多くの奴隷がそうしてきたように、だがそれは失敗する。

私事になるが、わたしは去年の大部分を使って、奴隷逃亡を助ける組織を描いた『地下鉄道』という小説を訳した。人間が人間を所有し、生かすも殺すも制度的に許されていた世のなかとは、そこに生きるというのは実際どんなことだったのか、ずっと考え続けている。マーク・トウェインは1835年生まれ、その時代を知っていた作家だ。ハックはジムと生活をともにし、親友のように交わりながらも彼を逃がすことに躊躇し続ける。自分の死をでっちあげる荒唐無稽さと、逃亡奴隷幇助への痛ましいほどの慎重さという対比。前者はお話《ストーリー》としての大胆さであり、後者は時代に対する誠実さだ。ハックがここで悩まなかったとしたら——そして南北戦争後、奴隷制度が廃止された1885年に出版されたからには、そんなプロットも可能ではあったはずだ、ひとは過去の愚行をたやすく忘れるし、それが愚かであればあるほど忘れたがるものだから——この小説はずっとお伽話に近づいていたと思う。女の子の振りをして人家を訪れたり、王と公爵を名乗る詐欺師の二人組と似非シェイクスピア劇を演じたりと、道中は騒々しく一見愉快だが、彼らを先へ進ませるのは根源的で重い問いだ。

これまでわたしのなかにあったハック・フィン像は野生児そのものだった。大自然のなかひとりでもへっちゃらで、俗世の悪習や世間知とは無縁、社会を外から観察し、ときにぴりりと痛快な風刺を差し挟む（現代におけるその継承者、ホールデン少年のように）。けれど今回新訳で読み返して、ひょうひょうとしたその語り口に、ふとべつの表情が垣間見える気がした。「つみのないおばさんのニガーをぬすんだ」と自責の念に駆られるとき、ハックの実存は揺らぐ。それは終盤であらわれるトムが、ジムを自由にすると息巻くのとは根本的にわけが違う。ハックが子どもであるくせに重い問いをひとりで背負わねばならないことに思い当たって胸を突かれる。本書の文体はハックの学力にあわせて漢字が少なくひらがなが多めだ。漢字は一文字で意味をあらわす、いわば意味の塊だが、その使用を控えることで、意味よりも先に、音が、読む者に届いてくる。耳で読む、とでも言うべき不思議な経験をすることになる。柴田氏は翻訳の文体が決まっていく過程において、〈声《ヴォイス》〉というものをしばしば引き合いに出されるが、このハック・フィンの新訳は、まさにその生きた声を掬い取ったものだと言えるだろう。そしてその声はわたしの耳には、強さの底に一抹の繊細さを隠した、澄んだ子どもの声に聞こえた。『ハックルベリー・フィンの冒けん』を訳しながら、訳者はたぶん、ハックになっていたわけではない。半分はそうかもしれないが、半分はそうではない。ページの左端にほんのときたまあらわれる訳注が——その数は最小限に留められているのだと推察するが、その控えめさゆえにいっそう——ハック・フィンを見守り、応援するまなざしのように感じられてくる。

陸《おか》の生活に馴染まない、ゆるゆると川を漂い続ける寄《よ》る辺《べ》のない筏のような少年がハックだ。雄大だが底の知れないミシシッピの流れにも似て、彼の語りにも陰影を感じる。ある人物がすでに死んでいたことが結末で明かされるが、それについてハックが何か言うことはない。彼が本当のところどれくらい孤独で、何を思っているのかは、遠くから推しはかるしかないのだ。優れた一人称小説の多くがそうであるように。

柴田氏の訳書の愛読者としてその訳業を振り返ると、歴史の主役となりそうないかにもな英雄はほとんどいない。むしろ大人になれなかった子ども、弱さのゆえにあえかなひかりを放ち続けたひとびとの姿ばかりが浮かんでくる。愛すべきハック・フィンは確かに、彼ら、彼女らのみなもとにいるに違いない。

（『群像』［講談社］2018 年 4 月号）

Chapter XXVIII

BY and-by it was getting-up time ; so I come down the ladder and started for down stairs, but as I come to the girls' room, the door was open, and I see Mary Jane setting by her old hair trunk, which was open and she'd been packing things in it—getting ready to go to England. But she had stopped now, with a folded gown in her lap, and bad her face in her hands, crying. I felt awful bad to see it ; of course anybody would. I went in there, and says :

" Miss Mary Jane, you can't abear to see people in trouble, and *I* can't—most always. Tell me about it."

III

『ハック・フィン』から生まれた新たな冒けん

ハック・フィンの末裔《まつえい》たち

ノーマン・メイラー「ハック・フィン、百歳でなお生きて」

ジョン・キーン「リヴァーズ」

ハック・フィンの末裔たち

Mark Twain, *Huck Finn and Tom Sawyer among the Indians*（未完）
マーク・トウェイン『インディアン居住地のハック・フィンとトム・ソーヤー』

まずはマーク・トウェイン本人による続篇から。1884年7月、まだ『ハックルベリー・フィンの冒けん』のゲラを読んでいる最中に、マーク・トウェインは続篇『インディアン居住地のハック・フィンとトム・ソーヤー』を書きはじめた。その書き出しは——（以下このセクション、引用はすべて書き出し）

That other book which I made before, was named “Adventures of Huckleberry Finn.” Maybe you remember about it. But if you don’t, it don’t make no difference, because it ain’t got nothing to do with this one. The way it ended up, was this. Me and Tom Sawyer and the nigger Jim, that used to belong to old Miss Watson, was away down in Arkansaw at Tom’s aunt Sally’s and uncle Silas’s. Jim warn’t a slave no more, but free; because—but never mind about that: how he become to get free, and who done it, and what a power of work and danger it was, is all told about in that other book.

おれがまえにつくったそのもう一さつの本は「ハックルベリー・フィンの冒けん」てゆう名まえだった。おぼえてる人もいるかもしれない。でもおぼえてなくてもかまわない、あれはこの本とはぜんぜんカンケイないから。あの本はどうおわったかってゆうと、こうだ。おれとトム・ソーヤーと、ミス・ワトソンのもちものだったニガーのジムとで、ずっと下ったアーカンソーの、トムのサリーおばさんとサイラスおじさんのところにいた。ジムはもうドレイじゃなくて、自由だった。なぜかって——けどその話はどうでもいい。どうやって自由になったか、だれがやったか、それがどれだけたいへんで、あぶなかったか、みんなそのもう一さつの本に書いてある。

——と、『ハックルベリー・フィンの冒けん』の書き出しのあからさまなパロディになっている楽しい書き出しで、この後の展開に大きな期待を抱かせる。が、ロマンチックなインディアン観に取り憑かれたトムの先導で、三人でインディアンたちの住む地帯に出かけていったはいいが、そこで直面した現実は……。

アメリカの白人にとってのふたつの大きな「他者」のうち、黒人についてはジムという人物において実に豊かなキャラクターを作り上げたトウェインだったが、インディアンに関しては、先輩作家クーパーらが作った虚像を壊すところから先へ進めず、トムの幻滅を伝える第 9 章（おおよそ 50 ページ後）途中で執筆は頓挫し、未完に終わった。

Mark Twain, *Tom Sawyer Abroad* (1894)
マーク・トウェイン『トム・ソーヤーの外国旅行』

『ハック・フィン』発表 10 年後に、ふたたびハックを語り手として書かれた作品。

Do you reckon Tom Sawyer was satisfied after all them adventures? I mean the adventures we had down the river the time we set the nigger Jim free and Tom got shot in the leg. No, he wasn't. It only just pisoned him for more. That was all the effects it had. You see, when we three came back up the river in glory, as you may say, from that long travel, and the village received us with a torchlight procession and speeches, and everybody hurrah'd and shouted, and some got drunk, it made us heroes, and that was what Tom Sawyer had always been hankerin' to be.

ああいう冒けんでトム・ソーヤーがまんぞくしたとおもうかい？　あの、

川をくだったときの冒けんと、くろんぼジムを自由にしてトムが足をうたれたときの冒けんのことだよ。いいや、そんなことはなかった。もっと冒けんしたい、っていうどくがますますまわっただけだった。それにつきる。おれたち三人、えいこうにつつまれてってゆうか、川をのぼってあのながいたびからかえって、村じゅうタイマツ行しんやらえんぜつやらでむかえてくれて、みんながかっさいして大ごえだして、よっぱらうやつもいて、おれたち三人えいゆうになった——で、トム・ソーヤーはいつもそういうのをもとめてたわけで。

冒頭から不正確な記述が見つかる。「川をくだったときの冒けん」はハックとジムのものであってトムは関係ない。それに、「ジムを自由にし」た冒険についても、彼はそもそも自由だったのであり、すべてはお芝居だったことが明かされて『ハックルベリー・フィンの冒けん』は終わったはず。トム的な「ごっこ」にケリをつけることで『ハック・フィン』を終えたように思えるにもかかわらず、トウェインはここでまた「ごっこ」の世界に戻ろうとしている。この後、三人は気球に乗ってサハラ砂漠まで出向くが、主役はあくまでトム・ソーヤーであり、ハックとジムは、まさに英語の sidekick という語の好実例と言うべき脇役でしかない（本かぶれのトムが見ている世界と、常識に基づいてジムとハックが見る世界がとことん食い違うさまは、面白いと言えば面白いが……）。

トムの本かぶれから作られた世界を超えた、ハックとジムが生きるリアルな世界、そこで展開する深い人間関係、そういったものが『ハックルベリー・フィンの冒けん』の達成であり真価だと今日我々は考えるけれども、当時はまだ作者マーク・トウェイン本人ですら、かならずしもそう考えてはいなかったように思える。（なお、トウェイン自身による「続篇」を体系的に論じた研究書として、辻和彦『その後のハックリベリー・フィン——マーク・トウェインと十九世紀アメリカ社会』〔渓水社、2001〕がある。）

J. D. Salinger, *The Catcher in the Rye* (1951)
J・D・サリンジャー『キャッチャー・イン・ザ・ライ』

ここからは後世の作家による続篇。20世紀版ハック・フィン、といえばかならず例に挙がるのが、本書でもすでに登場済みの、ミシシッピを川で下る代わりにニューヨークの街なかをさまようこの少年の物語。

If you really want to hear about it, the first thing you'll probably want to know is where I was born, and what my lousy childhood was like, and how my parents were occupied and all before they had me, and all that David Copperfield kind of crap, but I don't feel like going into it, if you want to know the truth. In the first place, that stuff bores me, and in the second place, my parents would have about two hemorrhages apiece if I told anything pretty personal about them. They're quite touchy about anything like that, especially my father. They're *nice* and all—I'm not saying that—but they're also touchy as hell. Besides, I'm not going to tell you my whole goddam autobiography or anything. I'll just tell you about this madman stuff that happened to me around last Christmas just before I got pretty run-down and had to come out here and take it easy.

もし君がほんとに僕の話を聞きたいんだったら、まず知りたがるのはたぶん、僕がどこで生まれたかとか、ガキのころはどんなだったかとか、僕が生まれる前に両親は何をやってたとかなんとか、そういうデイヴィッド・カッパフィールドっぽい寝言だと思うんだけど、そういう話、正直する気になれないんだよね。まず第一に、そういうのって退屈だし、第二に、両親のプライベートな話なんかちょっとでもしようものなら、父さんも母さんも仲良く二度くらいずつ脳溢血起こしちゃうだろうし。二人とも、そういうことにはすごく神経質なんだ——特に父さんは。二人ともいい人ではあるんだけど、そういう話じゃなくって、とにかくおそろしく神経質なわけでさ。それに僕だって、べつに自叙伝とか何かをえんえんやろうってつもりはない。僕としてはただ、ひどく参っちゃってここへ休みにくる破目になる前の、去年のクリスマスのころに起きたバカみたいな話だけしようと思う。

ホールデン・コールフィールドにジムはいないし（妹はいるけれど）、喋り方も動きもハックよりずっとせわしない。ホールデンはハックより孤独である。だからこそ、世界じゅう無数の若者が、彼と自分を同一視してきた（いまもしている）のである。

Saul Bellow, *The Adventures of Augie March* (1953)
ソール・ベロー『オーギー・マーチの冒険』

タイトルからして、「続篇性」を意識していることが明らかな作品。

I am an American, Chicago born—Chicago, that somber city—and go at things as I have taught myself, free-style, and will make the record in my own way: first to knock, first admitted; sometimes an innocent knock, sometimes a not so innocent. But a man's character is his fate, says Heraclitus, and in the end there isn't any way to disguise the nature of the knocks by acoustical work on the door or gloving the knuckles.

おれはアメリカ人、シカゴ生まれで——シカゴ、あの地道な街——自前のやり方で自由気ままにやって、自分のやり方で記録を作る、先にノックした奴が先に入れる、時には無邪気なノック、時にはそれほど無邪気じゃないノック。けど人格ってやつは人間の宿命だってヘラクレイトスも言ってる、結局のところノックの本性を、ドアの響きを操るとか手袋をはめるとかで隠そうったって無理なわけで。

こっちのハック20世紀版は孤独とは無縁、シカゴの街を舞台にユダヤ系の少年がしたたかに生き、したたかな大人になるわけだが、何といってもその魅力はカンシャク玉のようにパンパン弾けつづけるその喋り。翻訳は至難の業だが……。

大江健三郎「飼育」(1958)

戦時中の日本。山の中の村に、敵の飛行機が墜落し、一人の黒人兵が「捕虜」となる。

僕と弟は、谷底の仮設火葬場、灌木の茂みを伐り開いて浅く土を掘りおこしただけの簡潔な火葬場の、脂と灰の臭《にお》う柔かい表面を木片でかきまわしていた。谷底はすでに、夕暮と霧、林に湧く地下水のように冷たい霧におおいつくされていたが、僕たちの住む、谷間へかたむいた山腹の、石を敷きつめた道を囲む小さい村には、葡萄色の光がなだれていた。僕は屈めていた腰を伸ばし、力のない欠伸《あくび》を口腔いっぱいにふくらませた。弟も立ちあがり小さい欠伸をしてから僕に微笑みかけた。

村人たちによる「飼育」の対象となる「黒人兵」に、少年たちは畏怖と恐怖と魅惑と嫌悪がすべて混じった思いで接し、不思議な絆が築かれていく。これを、中村為治訳『ハックルベリイ　フィンの冒険』がインスピレーションの大きな源だった大江健三郎による創造的『ハック・フィン』訳、と評しても、マーク・トウェインにも大江健三郎にも失礼にはならないだろう。少なくとも、「黒人兵」が「白人兵」だったらこの物語は成り立たない。

The True Adventures of Huckleberry Finn as told by John Seelye (1970, 1987)　ジョン・シーライ『ハックルベリー・フィンの真の冒けん』

これは続篇というよりも、マーク・トウェインが書いたのではなく本当にハックルベリー・フィンが語った『ハックルベリー・フィンの冒けん』という設定。本篇の前にまず “De ole true Huck”（ほんとのハック）と題したイントロダクションがあり、それはこう始まる。

Some years ago, it don't matter how many, Mr Mark Twain took down some adventures of mine and put them in a book called *Huckleberry Finn*—which is my name. When the book come out I read through it and I seen right away that he didn't tell it the way it was. Most of the time he told the truth, but he told a number of stretchers too, and some of them was really whoppers. Well, that ain't nothing. I never seen anybody but lied one time or another. But I was curious why he done it that way, and I asked him. He told me it was a book for children, and some of the things I done and said warn't fit for boys and girls my age to read about. Well, I couldn't argue with that, so I didn't say nothing more about it. He made a pile of money with that book, so I guess he knowed his business, which was children. They liked it fine.

何年かまえ、せいかくに何年まえだったかはどうでもいいんだけど、マーク・トウェインさんがおれの冒けんをとりあげて、ハックルベリー・フィン、っておれの名まえなんだけど、そうゆうだいの本に入れた。本が出ると、おれはひととおりよんで、トウェインさんがいろんなことを起きたとおりに書いたんじゃないことはすぐわかった。まあたいていはホントのことがかいてあるんだけど、こちょうしたところもけっこうあるし、なかにはすごいふんぱんものもあった。まあべつになんでもない。だれだってどこかで、一どや二どはウソつくものだから。だけどトウェインさんがどうしてそういうふうにかたったのか、きょうみがあったんで、きいてみた。そうしたら、これは子どもの本だからって言われた。おれがやったり言ったりしたことのなかには、おれとおないどしの男の子女の子がよむにはまずいのがあるんだそうだ。そう言われると、もんくの言いようもないし、おれは何も言わなかった。この本でトウェインさんはどっさりもうけたから、まあしょうばいはちゃんとわかってるんだろう——つまり、子どもあいてのしょうばい。子どもはしっかりよろこんだ。

この後、批評家が『ハック・フィン』についてあれこれ言ってきたことがハック自身によって語り直され（これの 2019 年版が欲しい！）たのち、本篇に入ると、『ハックルベリー・フィンの冒けん』で語られた事柄が、一つひとつ語り直されることになる。

I suppose I ought to begin where Mr Mark Twain left off in *The Adventures of Tom Sawyer*. There's a bit of overlap, as you might say, but I ain't taking so much that there won't be plenty left of the other. It's like borrowing eggs. Pap says you don't never clean out a nest, only take your share of what there is, and nobody'll ever mind. So if I take an egg or two from Mr Mark Twain, I guess he won't miss them none.

まあやっぱり『トム・ソーヤーの冒けん』でマーク・トウェインさんが話をおわらせたところからはじめるべきなんだろうな。ちょっとちょうふくするっていうか、そういうところもあるんだけど、おれがゴッソリとっちまってあちらにはほとんどのこらない、なんてことにはならないとおもう。たまごをはいしゃくするみたいなものだ。おやじは言うんだ、すをすっからかんにしちゃいけない、じぶんのとりぶんだけとるんだ、そうすりゃだれも気にしないって。だからまあマーク・トウェインさんからたまご一コ二コとるぶんには、なくなったことにあちらはぜんぜん気づかないんじゃないか。

要するに、並行宇宙的『ハックルベリー・フィンの冒けん』を読む楽しさである。研究者ならではの愉快な創作。

▌Russell Banks, *Rule of the Bone* (1995)
ラッセル・バンクス『ルール・オブ・ザ・ボーン』

20 世紀末のアメリカのストリートに、ゆるやかに移植されたハック・フィン。

You'll probably think I'm making a lot of this up just to make me

sound better than I really am or smarter or even luckier but I'm not. Besides, a lot of the things that've happened to me in my life so far which I'll get to pretty soon'll make me sound evil or just plain dumb or the tragic victim of circumstances. Which I know doesn't exactly prove I'm telling the truth but if I wanted to make myself look better than I am or smarter or the master of my own fate so to speak I could. The fact is the truth is more interesting than anything I could make up and that's why I'm telling it in the first place.

これっておれが自分を実際より善良に見せたいとか賢く思わせたいとか、幸運にさえ見せたいとか思っていっぱい作り話してるってあんたはたぶん思うだろうけど、そんなことない。だいいち、これからおいおい話すけど、いままでの人生でおれの身に起こったことを話せば、きっとおれは悪党か、単なる阿呆か、それとも状況の悲劇的犠牲者とかいうやつに思えるにちがいない。もちろんだからってほんとのこと言ってることにはならないのはわかるけど、でも自分をもっとよく見せようとか、賢く見せようとか、自分の運命の主人とかに見せたかったら、それはそれでできるわけで。けど、おれの作り話なんかより、事実の方がよっぽど面白いし、だからこそおれもわざわざ話そうなんて思うわけでさ。

19 世紀のハックとは違い、20 世紀末を生きるボーンはドラッグやセックスの洗礼も受けているし、ハックがジムに精神的な父を見出すのに対し、ボーンは体中からレゲエの音を発散させているかのようなドレッドロックヘアのラスタファリアンにそれを見出す。そうしたアップデートの仕方も、オリジナルに付かず離れず、いい感じである。

Jon Clinch, *Finn* (2007)
ジョン・クリンチ『フィン』

後述のジョン・キーンはジムの視点から見事な続篇を作り上げていて秀逸だが、こちらはいっそう脇役的な人物を中心に据え、事実関係は『ハック・フィン』を踏まえながらも、後日譚でも前日譚でもないまったく別の物語を作り出している。

Under a low sun, pursued by fish and mounted by crows and veiled in a loud languid swarm of bluebottle flies, the body comes down the river like a deadfall stripped clean.

It proceeds as do all things moving down the Mississippi in the late summer of the year, at a stately pace, as if its blind eyes were busy taking in the blue sky piled dreamily deep with cloud. There will be thunder by suppertime and rain to last the whole night long but just now the early day is brilliant and entirely without flaw. How long the body has been floating would be a mystery if any individual had yet taken note of its passage and mused so upon it, but thus far, under that sky of blue and white and upon this gentle muddy bed aswarm with a school of sunfish and one or two smallmouth bass darting warily as thieves, it has passed only empty fields and stands of willow and thick brushy embankments uninhabited.

低く垂れた太陽の下、魚に追われ、カラスに乗られ、アオバエの騒々しい気だるげな群れに包まれて、死体は川を下ってくる。まるで何もかもを剝ぎとられた倒木のように。

晩夏のミシシッピを下るすべてのものと同じく、悠然たるペースでそれは進む。あたかもその見えない両目が、夢のごとく雲が高く積まれた青い空を見てとるのに忙しいかのように。夕食時までには雷が鳴り、雨が降って一晩じゅう続くだろうが、目下始まって間もない昼は輝かしく、なんの瑕《きず》もない。死体がいつから水に浮かんでいるかは、もし誰かがその道行きに目をとめ、思いをめぐらせたならひとつの謎となるだろう。が、いままでのところ、青と白の空の下、サンフィッシュが群がり、コクチバスが一匹二匹、ささっと泥棒のように用心深く動く、この穏やかな、泥で濁った寝床に横たわったそれは、空っぽの野原、ヤナギの木立、藪が生い茂り誰も住まない土手の前を通るばかりである。

なんとハックの父親を主人公とする、しかも彼のかもしれない（と、『ハック・フィン』の読者なら誰もが考えるであろう）死体がミシシッピを流れてくる場面から始まる長篇小説。恵み深いにせよ、破壊的であるにせよ、とにかく自然の壮大さを感じさせる『ハック・フィン』のミシシッピとは違い、冒頭からこちらは、カラスやハエが群がり、魚も「泥棒のように」ふるまう、独自の陰鬱さを具えたミシシッピである。神話的であるよりもはるかに、暗いリアリズムに貫かれた作品を雄弁に予告する書き出しである。

Norman Lock, *The Boy in His Winter* (2014)
ノーマン・ロック『冬の少年』

語り口で「続篇性」を意識させることをまったく目指していないタイプの続篇。

I look back in my old age on that long-ago day when I came off the river and began my grown-up life—and much earlier still, when, no more than a boy, I set out from Hannibal on the raft with Jim. Of course, I reckon time differently now than we did then, sweeping down the Mississippi toward Mexico as though in a dream. Those days did seem like a dream, though not mine, or Jim's, either, but one belonging to somebody whose hand I almost felt, prodding me onward in spite of my reluctance. Or maybe it was just the river I sensed, shaping a kind of destiny for me and also for Jim, whose end came before mine and was, sadly, neither glorious nor kind. We were, each of us in his own way, looking for something that did not exist.

年老いたいま、私はあのずっと昔の、川から降りて大人の人生に踏み出した日のことをふり返る――そして、もっとずっと前の、まだほんの子どもだったころ、ジムと筏でハンニバルを発った日のことも。もちろん、いまとあのときとでは、時間の捉え方が違う。あのとき私たちは、あたかも夢のなかにいるように、メキシコに向けてミシシッピ川を飛ぶように下っていった。あのころの日々はほんとうに夢のように感じられたものだが、もっともそれは私の夢ではなく、ジムのでもなく、別の誰かに属す夢だった。その誰かの手が、気の進まぬ私をつっついて進ませるのを、私はほとんど実感したのだ。それとも、私が感じたのは川でしかなかったのかもしれず、川が私の、さらにはジムの、運命のようなものを形作っていたのかもしれない。そしてジムの最期は私よりも早く訪れ、悲しいことにそれは輝かしくも優しくもない最期だった。私たちは、それぞれ自分なりのやり方で、ありもしない何かを探していたのだ。

このハックとジムが乗る筏は一種のタイムマシンである。元ネタどおり 1835 年にミシシッピ川を下りはじめた二人は、19 世紀という川、20 世紀という川を進んでいき、リンカーン暗殺（1865）を知ってジムは何日も泣いて過ごすし、ハックは少年のまま、80 歳にならんとするトム・ソーヤーが息をひきとる場にも立ち会うことになる。そして、2005 年のハリケーン・カトリーナを機にハックは筏を降り、人間の時間に復帰して（つまりここからまた歳をとりはじめる）、ハックの名を捨てて新しい人生に踏み出し、腕利きのヨット・セールスマンとして活躍し、それなりに幸福な結婚もする……。

そういう無茶な展開を作者は、無茶苦茶さをつねに前景化させることによって——平たく言えば、「こんなの、ありえませんよね」というメッセージをいろんな形で発信しつづけることによって——読者に納得させてしまうのである。

▍Robert Coove, *Huck Out West* (2017)
ロバート・クーヴァー『ハック西へ行く』

老練ポストモダン作家ロバート・クーヴァーが、自分のアクロバット的言語力を少しも抑えず語らせている、中年に至り相当の雄弁さを獲得したハック・フィン。

Just how I found my poor bedeviled self standing over a gulchful of expired trees, staring down the barrel of a prewar flintlock fowler toted by a crazy old cross-eyed prospector bent on dispatching yours truly, Huckleberry Finn, if not off to some other world, at least to the bottom of the mournful gulch below us, is something you ought know about on account of it being a historical moment—or ruther, like that decrepit shotgun pointed at me, a PREhistorical one. I warn't so afraid of the old buzzard shooting me as I was of that rusty musket going off of its own cantankerousness and fatally abusing us both. Pap used to wave one of them cussed things around, blowed off his big toe with it in a drunk one night, then give me a wrathful hiding afterwards like I'd been the one who done it.

いったいどういうわけで、息絶えた木々がぎっしり並ぶ峡谷の前にこの哀れ悪魔に憑かれたわが身が立ち、皆さまご存じハックルベリー・フィンをどこかよその世界へとまでは行かずとも眼下の憂い深き峡谷の底に落としてやろうって気でいる気のふれた寄り目の老いぼれ探鉱者が持ち歩いてる南北戦争以前の火打ち石銃の銃口と俺が睨めっこする破目になったのか、何しろこれは歴史的瞬間であるからして——てゆうか、俺に突きつけられた年代物のショットガンと同じで歴史以前的瞬間であるからして——読者諸兄にもぜひ知っておいてもらいたい。この爺さんに撃たれるんじゃないかってことは正直そんなに怖くなくて、むしろ、その錆びたマスケット銃が自らの喧嘩っ早さゆえに勝手に発砲して俺たち二人とも致死的に損なわれちまうんじゃないかって方が心配だった。おやじもこういう代物をよく振り回して、ある晩酔っ払って自分の足の親指を吹っ飛ばしちまって、八つ当たりして俺をムチャクチャムチ打ったりしたものだ。

南北戦争はすでに過去となり、ゴールドラッシュに一攫千金を夢見て人々は西部に押し寄せる。そのなかに混じっている、くたびれた中年のハック・フィン。やがて中年トム・ソーヤーも登場し、やたら場を仕切りたがるあたりは（そしてハックが全然仕切りたがらないあたりも）少年トム・ソーヤーとまったく変わらない。が、その仕切りたがりの邪悪さは、少年時代には暗示されるにとどまっていたが、中年ともなると……。

Kurt Vonnegut (1922-2007)
カート・ヴォネガット

「ハックの末裔たち」を列挙してきたが、最後に「マーク・トウェインの末裔」代表を挙げておきたい。平易な文章、鋭い諷刺と卓抜なユーモア、漫画的なルックス、一般読者からの圧倒的な支持、ギャグの向こうに透けて見える悲観、反戦思想……カート・ヴォネガットほどトウェインと多くの共通点を持つ作家はほかにいない。ヴォネガットが息子をマークと名付けたのもトウェインへの敬意ゆえだった。

次のセクションに二つの文章の全訳を掲載する。一つ目は、『ハック・フィン』刊行 100 年を機に、書評紙『ニューヨークタイムズ・ブックレビュー』に新刊書の書評の体裁で掲載された文章。二つ目は、アメリカ史を別の視点から語り直す作品集 *Counternarratives* (2015) に収録された一篇である。この人物の視点からハックの後日談を語るという発想はおそらくこれが初めて。

Norman Mailer, “Huck Finn, Alive at 100”

ノーマン・メイラー「ハック・フィン、百歳でなお生きて」

偉大な小説の古い書評ほど、ふさぎ込んだ気持ちを活気づけてくれるものはない。19世紀ロシアで『アンナ・カレーニナ』はこう評された――「ウロンスキーの馬への情熱は、彼のアンナへの情熱と平行している」……「感傷的な駄作」……《オデッサ新報》は「一ページでいいから理念のあるページを見せてほしい」と述べた。『白鯨』は焼き捨てられた――「海洋文学で単調さをこれほど写実的に描いた例は記憶にない」……「掛け値なしの狂気の愚行」……「嘆かわしい。メルヴィル氏のクエーカー教徒たちは愚痴ばかりの惨めなうすのろであり、氏の狂える船長は底なしに退屈である」。

これらに較べれば、100年前の今週ロンドンで発売され、2か月後にアメリカでも出版された『ハックルベリー・フィン』はまだましな方だろう。《スプリングフィールド・リパブリカン》紙の批判は「すべての繊細な感情を著しく軽んじている〔……〕クレメンズ氏には品位というものが欠けている」という程度にとどまった。が、マサチューセッツ州コンコードの公共図書館は自信満々これを「正真正銘の愚作」と呼んで禁書とした。《ボストン・トランスクリプト》は「図書館審議委員会は本書を粗野、下品、醜悪と評し、知的でまっとうな市民よりも貧民窟に向いた書と見ている」と報じた。

とはいえ、全体としてはものすごく不快な反響というわけではなかった。熱烈な賛辞もなかった反面、書評はおおむね好意的だった。話は面白い、というのが共通の了解だった。偉大なるアメリカ小説が1885年の文壇に到来したという感覚はまるでなかった。当時の批評の雰囲気から、50年後のT・S・エリオットやアーネスト・ヘミングウェイの絶賛を予感するのは難しい。のちにあるイギリス版の解説を書いたエリオットは、本書を「傑作」と呼び、トウェインの天才が遺憾なく発揮された書と評すことになる。アーネストはその上を行った。『アフリカの緑の丘』の一節で、エマソン、ホーソーン、ソローを斬って捨て、ヘンリー・ジェームズとスティーヴン・クレーンに愛想好く会釈して片付けたのち、こう言い放ったのである──「今日のアメリカ文学はすべて、マーク・トウェインによる『ハックルベリー・フィン』という一冊の本から出ている〔……〕これは我々アメリカ人が持っている最良の本だ。すべてのアメリカ的文章はここから出ている。その前は何もなかった。その後もこれに並ぶものはない」。

至上の午後のための完璧な地ワインを嗅ぎつける才は比類なかったヘミングウェイだが、ある気の滅入る一点においてはほかの小説家たちと大差なかった。すなわち彼もまた、文学的発言によって自分の値打ちを高めるチャンスを決して逃さなかったのである。他人の書いたものを評価するにあたって、現役作家にとっての確実な経験則にヘミングウェイは従った。もしこの本にいい点をつけたら、俺の作品がよく思われる足しになるか？明らかに『ハックルベリー・フィン』はこの面において合格だったのである。

ただちに疑念が生じる。マーク・トウェインがこの本でやっている書き方は、もっと上手くやれる人間がまさにヘミングウェイしかいない書き方である。ここはひとつちゃんと見てみないといけない。まず言っておくと、ずっと昔に『ハックルベリー・フィン』を読んでいることは足しになる。もう一度手に取ってみたとき、何とも新鮮に感じられるからだ。私が最後にこの本を目にしたのはたぶん11のとき、ひょっとしたら13だったか、とにかくいま思い出せるのは『トム・ソーヤー』のあとにこれを読んでがっかりしたということだけである。どうにもついて行けなかった。一冊目の方で大好きだったトム・ソーヤーがこっちでは性格を変えられ、もうそんなにいい感じには思えなかった。ハックルベリー・フィンのキャラクターは全然ピンとこなかった。あとになって、アメリカ文学を教えているほとんど誰もがこの本を絶賛しているのを知ってびっくりしたが、それでももう一度読んでみようとは思わなかった。明らかに私は、『ニューヨーク・タイムズ』の原稿依頼を待っていたのである。

有難いことに、待った甲斐はあったようだ。私はたぶん、『ハックルベリー・フィン』は途方もない作品だという意見を口にする1000万人目の読者だろう。ひょっとすると、偉大な小説とさえ言えるかもしれない。欠陥はあるし、突拍子もないし、ムラがあるし、安手の批判に走るし、あまりに多くの小切手を現金化している（無理に笑いをとることはめったにないが）。にもかかわらず、何という本だろう！　実に珍しいたぐいの興奮に私は襲われた。しばらくすると、自分の奇妙な思考枠に私は思いあたった。この本、ものすごく現代的じゃないか！　私は古典的作家の本をではなく、出版社から送られてきた新刊のゲラを読んでいたのだ。ゲラと一緒に、めったにないこんな手紙まで添えてあった気がする——「私ども、めったにこんな主張はいたしませんが、今回はたぐい稀な、驚くべきデビュー作をお送りしていると思うのです」。だからこれは、かつて1950年に『地上《ここ》より永遠《とわ》に』〔ジェイムズ・ジョーンズ、1951〕をゲラで読んだ経験に似ていた。あるいは『闇の中に横たわりて』〔ウィリアム・スタイロン、1951〕でも『キャッチ＝22』〔ジョーゼフ・ヘラー、1961〕でも『ガープの世界』〔ジョン・アーヴィング、1978〕でもいい（『ガープ』はデビュー作ではないがとてつもないデビュー作のように読める）。嬉しかったり、びっくりしたり、苛ついたり、ライバル意識を煽られたり、批判的に見たり、でも最後はとにかく興奮してしまう。新しい作家が近所に越してきたのだ。友となるか敵となるかはわからないが、才能があることはまず間違いない。

『ハックルベリー・フィン』を再読して感じたのは、そういう気分である。そうした流れにずっと抗いつづけたのだが、結局降参するしかなかった。強い磁場を持つ本には、遅かれ早かれ降参するしかないのだ。感触としては、30か35の、中西部——ミズーリあたりだろうか——から出てきた、おそろしく才能豊かな若手の作品を手にした気分。何しろこの男、一世紀半前のミシシッピ川がどんなだったかを思い描く歴史小説を書いたのだ。何たる不遜！　そしてこの若い書き手は、虚構上の離れ業を次々サーカスのごとく演じてみせる。ほとんどすべての章で、目を見張る人物が新たにページから飛び出してきて、まるっきりそこがページではなく、彼らが思う存分跳躍芸を演じるための舞台のようなのだ。作者の自信には少しの揺らぎもない様子で、神が中西部に与えたどんなたぐいの男でも女でも描いてみせる。ハックの父親のような留置場の常連の酔払いが、服の臭いにまで染みついた不潔な暴力をみなぎらせて観客に一礼する。紳士に川辺の浮浪者、度胸も元気も一杯の若く魅力的な女の子、編み棒みたいに格言をカチカチ鳴らす逞しいおばさん、道化と詐欺師。何と豊饒な有象無象《うぞうむぞう》の群れが作者の川べりには住んでいることか。

これでもし、自分は 1984 年に書いている現代の若手アメリカ作家だということを作者がしじゅう露呈したりしなかったら、本当に素晴らしい作品となっただろう。現代の史実が紛れ込んでいるというのではない。歴史に関しては十分正確と見た。そうではなく、視点が新しすぎるのだ。どの場面もよく描けてはいるが――もう一度言う、とにかくこの若き書き手には才能がある！――あちこちで文学的影響をさらけ出してしまっているのである。本書『ハックルベリー・フィンの冒けん』の作者は明らかに、シンクレア・ルイス〔1885―1951、ノーベル文学賞受賞〕、ジョン・ドス・パソス〔1896―1970〕、ジョン・スタインベック〔1902―68、ノーベル文学賞受賞〕といった重鎮たちから多くを教わっているし、フォークナーからも間違いなく借りている――沼深い奥地で狂気じみた男たちが宿怨に囚われたさまを描くフォークナーが時に成し遂げる狂気のトーン、それをこの作者は間違いなく盗んでいる。また、ヴォネガット〔1922―2007〕やヘラー〔1923―99〕からはアイロニーのしなやかな力を大いに学んでいる。好漢悪党物語《ピカレスク》のセンスは『オーギー・マーチの冒険』〔1953〕のソール・ベロー〔1915―2005〕より確かだが、それでもやはり、『オーギー・マーチ』の亜流という感は免れない。何か所かでは、この書き手は『ライ麦畑でつかまえて』〔J・D・サリンジャー、1951〕を丸暗記したにちがいないと思わせるし、たぶん『救い出される』〔ジェイムズ・ディッキー、1970〕や『なぜぼくらはヴェトナムへ行くのか？』〔ノーマン・メイラー、1967〕にも目を通しているだろう。ひょっとしたら映画スターたちの癖まで研究しているかもしれない――ページのはしばしにジョン・ウェイン〔1907―79〕、ヴィクター・マクラグレン〔1886―1959〕、バート・レノルズ〔1936―2018〕らの痕跡が見てとれるからだ。田舎町の暮らしを描いたハリウッドコメディも作者は疑いなくたくさん観ている。南北戦争以前のミシシッピ河畔の村落の暮らしを捉える勘は実に鋭く、かつそこにはドタバタ喜劇の要素もふんだんにある。これ以上売れ筋のやり方はない。

それでいいのだ。これほどスケールの大きな才能となれば、売れ線に露骨に目を向けていることも許せる。大きな才能の持ち主とて、まずは自分のスタイルを見つけるまであちこちから借りまくるしかないのだし、商業的成功への欲求も、真剣に書こうとする営みにとって危険ではあれ致命的とは限らない。そう、この作品のスケールを思えば、そして着想の見事さ――大河を筏で下る旅を通してアメリカの田舎を捉える！――に鑑みれば、ほかの作家たちからコソ泥をはたらいたことも大目に見ていい。フィクションというものに対する作者の深い直観に、いささかの不安とともに驚嘆したくもなってくる。ハックルベリー・フィンという少年において、この新人作家はありきたりの次元をはるかに超えたキャラクターを創り出している。まあたしかに、一般に現代小説の登場人物の方が古典作品の人物より生きいきとして見える、ということはある。とはいえハックルベリー・フィンは、ドン・キホーテやジュリアン・ソレル〔『赤と黒』の主人公〕よりも生きているように感じられるし、生身の人間同様、自分の心にごく自然に寄りそっている。しかし、ページ上でかくも自然そのものに思えるヒーローが、冒険が深まっていくなか、説得力ある形で倫理的偉大さを獲得する――そんな見事な両立に、我々はどれだけ頻繁に出会うだろう？

もう一度言う。この才能の虜となり、魅惑された読み手は、『ハックルベリー・フィン』の作者があらゆる影響をかくも乱雑に吸収したことを許す気になっている。さまざまな借り物を、彼は実に豊饒に活用している。色褪せた今日の文学シーンへの大型新人登場を喝采する気にもなろうというものだが、あいにく、さすがにこれは行き過ぎだと言わざるをえないひとつの侵犯があることも指摘せぬわけには行かない。この小説の何か所かは、誰かのスタイルを借りているというだけでは済まない――そっくり模写しているのだ！　影響は精神的なものだが、剽窃は物理的である。『ハックルベリー・フィン』の文章のかなりの部分が、ヘミングウェイからの直接の盗用でないと断言できる者がいるだろうか？　これはアーネストを読んでいるのではないと我々にわかるのは、あまりにトーンが似すぎてきたことを明らかに恐れた作者が、文章のあちこちに “a-cluttering”〔ゲコゲコ鳴いて〕とか “warn' t”〔wasn' t〕とか “anywheres”〔anywhere〕とか “t' others”〔the others〕といった古い卑俗な言い方を周到にちりばめているからだ。とはいえ、ヘミングウェイを読み込んだ我々にそんなごまかしは効かない。偽装したヘミングウェイそのものを読んでいることが、我々にはわかる――

> 　そうしてハコヤナギやヤナギのわか木を切って、いかだをかくす。それから釣り糸をしかける。そして川にはいってひとおよぎする〔……〕そうして、ヒザくらいのふかさの、砂の水ぞこにすわりこんで、日の出をながめる。どこからも、なんの音もしない〔……〕川むこうに目をやると、まず見えてくるのは、なんかこう、どんよりくもったみたいな線で、これはむこうがわの森だ。ほかはまだなにも見わけがつかない。それから、空に、ほんのり白っぽいところが出てきて、やがてその白っぽさがいちめんにひろがっていく。じきに川の色も、とおくのほうからやわらいできて、もうまっ黒じゃなく〔……〕そのうちにぼちぼち、水面に一本のすじが見えて、そのすじのようすから、急流に流ぼくがしずんでいて、そこで流れがぶつかりあうせいでそんなふうにすじが見えるんだとわかる。それから、水面からもやがうずをまいて上がるのが見えてきて、東の空が赤くそまって、川も赤くそまって〔……〕

　ここまでで、今日『ハックルベリー・フィン』を読むことの楽しさを伝えたつもりである。これが私に差し出せる最大の讃辞である。古典を手に取るとき、我々は暗黙の別基準に基づいて判断している。古典を読む際に我々は、口では言わずとも、上等の現代小説を読むときほど多くを期待していない。平均的知性を具えた現代の読者であれば、拷問されたらたぶん、『ハートバーン』〔ノラ・エフロン、1983〕の方が一分一分の楽しさは『ボヴァリー夫人』より上だったと、さらには学ぶことさえ多かったと白状するのではないか。これは決して、100年後にも『ハートバーン』の方が『ボヴァリー夫人』より上であるはずだということではない。古典小説というのは、いわば法外なハンデを負わされた一流の競争馬のようなものだ。今日の我々の日々の会話から隔たっていることによって古典は不利を被る。『ハックルベリー・フィン』がどれだけ優れた作品にちがいないか、それを判断する目安は、この本を今日の最良のアメリカ小説のいくつかと同等に見ることができるかどうか、そして、ページ対ページで較べて、ここはぎこちない、こっちは煽情的、と見ていっても、現代における10年に一、二度級の途方もないデビュー作に較べて見劣りしないかどうかだ。いままでこの本を誰かのデビュー作であるかのように私が語ってきたのは、この本が本当に若々しく、みずみずしく、まるっきり馬鹿げたリスクをわざわざいくつも冒している——その結果上手く行ってさえいる——からだ。もっと賢明な、もっと年上の小説家であれば、作品がもうすっかり軌道に乗ってしっかりコントロールも定まったあとにそんな危ない真似に走ったりはしない。だがトウェインは走るのだ。

とはいえ、論の妥当性を保証すべく、実際の文脈は見失わないようにしよう。『ハックルベリー・フィンの冒けん』は19世紀の小説であって、その文学的壮大さにも触れておかねばならない。偉大な小説を見分ける第一の目安は、それが——手にとれそうなほどのカリスマを具えた人物のごとく——ほとんど目に見えるほどのオーラを発していることである。何らかの壮麗な象徴なしでこれほどの光輝を放つ作品はまずない。『ハックルベリー・フィン』において我々は、およそすべての小説に流れるなかで最高の川に出会う（唯一考えうる例外はアンナ・リヴィア・プルーラベル〔ジョイス『フィネガンズ・ウェイク』で、ダブリンを流れるリフィー川を象徴する女性〕だ）。我らのミシシッピに我々は出会う。ハック・フィンと逃亡奴隷が筏に乗って川を下る旅にあって、我々は終始、その川の虜になっている。川は人間よりも大きい荘厳なる存在であり、男と少年を支える造物者《デミウルゴス》であり、彼らを裏切り、彼らに糧を与え、危うく溺れさせ、彼らを引き離し、またゆるゆると引きあわせる神である。川はフーガのように、この作品の真の物語の髄を蛇行していく。そしてその真の物語とは、ほかでもない、ハックと逃亡奴隷との刻々続いてゆく関係である。ニガー・ジムはまさにその名でもって——彼の名は「ジム」ではなく「ニガー・ジム」だ——奴隷制度そのものの本質を体現している〔『ハック・フィン』作品内でジムがこう呼ばれることは一度もないが、一般にはよく「ニガー・ジム」と呼ばれ、それが黒人全般を意味する蔑称となることもある〕。逃亡した白人と逃亡した黒人とのあいだで育まれる愛と知は、人間たちと川との関係に等しい関係である。そこにもまたふんだんに裏切りと滋養があり、別離と帰還があるのだ。だからこそ、心のあの最後の繊細な神経に、それは触れることができる——共感とアイロニーがたがいに語りかけ、ゆえに我々のもっとも護られ隠された感情に善を為してくれるところに。

『ハックルベリー・フィン』を読むと、我々はあらためて思い知らされる。白人と黒人とのあいだの、ほぼ燃え尽きた、喉を絞められた、憎しみに満ちた、瀕死の関係こそ、いまだにこの国最大の国民的恋愛なのだと。将来それが嫌悪と相互の苦痛とに終わるとすれば、本当に悲惨なことだろう。この小説の流れに乗るなら、その恋愛がまだ新しく、どんなことも可能に思えた幸福な時代に戻ることができる。その感情の記憶の、何と豊かなことか！　希望が色褪せ、情熱が費《つい》えたあと、この恋愛が心の記憶に残してくれる不滅の富、それを偉大さと呼ばずして何と呼ぶか？　民主主義という富を消費しに、我々はつねにそこへ戻っていく。富がつねにそこで待っていてくれるという思いこそ民主主義の希望だ。我々を解放し、民主主義と、その崇高にして恐ろしい前提とを考えさせてくれる力、それが『ハックルベリー・フィン』の尽きぬ力だ。その前提とは——「あらゆる人間の情熱、欲望、夢、欠点、理想、強欲、希望、卑劣な堕落、そのすべてに好きにさせてやれ、それでもまだ世界はいまよりいい場所になるはずだ、なぜなら我々と我々の営みとの総計には悪よりも善の方が多いのだから」。

その民主的人間を丸ごと体現していたマーク・トウェインは、ペンを動かすたびにその前提を理解していた。その前提を彼はどれだけ試したことか、どれだけそれをひねり、じらし、試したことか――その理念を愛する思いに、またふたたび我々の気が遠くなるまで。

John Keene, "Rivers"

ジョン・キーン
「リヴァーズ」

こちらが伺いたいのはですね、と新聞記者は切り出す、かつてあなたとあの少年が……すると私は首を回してふたたび記者を黙らせ、このインタビューは戦争と、私が戦争で果たした役割がテーマのはずだぞと胸の内で思う――20近く年を取りすぎて、家族何人も養っていて、河岸からバッタが一跳びで行けるところに自分の名で酒場を経営する身で志願入隊した日から始まって、馬車と汽車でブラゾス・デ・サンティアゴに連れて行かれ、リオ・グランデ川沿い、パルメット農場の草原で口火を切られた戦いが終わった10年前のあの春の日までの話だったはずであって、捕虜にした相手の斥候からあとで聞いたとおり、あの戦いこそ私たちの自由のための最初の大きな戦争（まあ昨今では諸州間戦争などと言いたがるらしいが）の最後の戦いだったのであり[1]、だから私は40年も昔の、常軌を逸したあのもろもろの出来事なんかに一分だって割くつもりはない。

とはいえ、あの少年の名前を言われただけで、もういまでは夢の中でも悪夢の中でもめったに考えないのに、あの年月以降にあの顔を目にしたわずか二回の出来事がよみがえってくる。まず一回目、その名と顔はもう大人の尺度に出来上がっていた――まだ若い、先に10年が控えた、だが私の知らない苦労（そしてやはりハンニバル出の、彼を、というか私たち二人をつかのま有名にしたあの作家もおそらく知らない苦労）によって痩せこけ、いくぶん引きつった顔。細く角張った、いまや薄茶色のひげが房を

1　パルメット農場の戦いは1865年5月12～13日に戦われた、南北戦争最後の武力衝突。南北戦争のもっとも一般的な呼称は "the Civil War" だが、「諸州間戦争」（the War Between the States）は戦後に南部でよく使われた。

為して頬とあごを囲んでいる顔の鋭い瑪瑙《めのう》色の目がつかのま私の前を過ぎていったのは、その顔と、もうひとつこの上なくよく知っている顔とに、太平洋鉄道のそば、シュートーの町で、私の仕事場たる波止場付近の酒場に戻っていく途中すれ違った瞬間のことであり、ミシシッピを下ったあの旅（愚行と言うほかない旅だ、なぜなら私はミシシッピを渡ろうと思えば渡れたのだ、あのころのわが妻と、当時まだ幼かった子供たちと、まさにあそこのオールトンで渡って、東へ進めば、みんな真に自由になれたのだ）から 10 年後のこと、そして国を真っ二つに裂くに至る戦いの 10 年前のことだ。

もうひとつの、若造ソーヤーの顔は私の顔を一目見たとたん凍りつき、すれ違って何歩か先へ進んでから相棒に大声で「ようハック、あれってハンニバルでお前のダチだった奴じゃねえか？」と言い、それから、「おいお前、ちょいと待てよ、お前ジム・ワトソンじゃねえか、紳士が二人寄ってきてるのに道を空けもしねえで歩きつづけて、一人がお前の名前呼んでるってのに聞こえねえふりしやがって」と言った。それで私は立ちどまってふり向き、彼らと向きあった。そこにいたのは、20 代前半になったハックルベリーと、同じ年ごろのソーヤーで、二人とももう私より背も高く、いまだ骨格は若々しく余計な肉もなく、どちらも服装を見ただけであの怒濤の年月多くの連中がそうだったようになかなか羽振りがいいことがわかったが、とはいえハックの物腰からは、あの洞窟でのドタバタで手に入れた大量の金《きん》をもってしても、奴を苛む内なる苦悩が和らぎはしなかったことが見てとれた。「まあそうだよな」とソーヤーは言ってハックをうしろに従えウーステッドの上着の袖から埃を払いながら私に近づいてきた。「いずれこのへんで、お前に出くわすはずだよな」

「よう、ジム」とハックが言い、大人の手を差し出した。

「よう、ハックルベリー、よう、トム」と私は答え、帽子をごくわずか傾けて、ハックの手のひらをほんの一瞬自分の手のひらで受けとめた。

ソーヤーはそのへんの踏み越し段に寄りかかって、自分の話をやり出した。昼のあいだはサッチャー判事の弟の法律事務所で働いていて、ケンタッキーのセンター・カレッジで一年、ヴァージニア大学（ジェファソン大統領の母校だぜ、と自慢気に言う）で一年学んだのちいまはここからも遠くない、エリオット牧師が新しく開いた学校の夜間クラスで法律を学んでいるが、もちろん俺もハックも働く必要はないんだぜ、わけはお前も忘れてねえよなとソーヤーは言った。ミシシッピ川を蒸気船で何度かニューオーリンズまで下った体験を彼は語り、一度は一人きりで行ったよ、いずれあすこに落着こうかと思ってるんだ、まあセントルイスにとどまるかもしれんけど、あの街の文化も人間も気に入ったし、弁護士の資格取って安泰な身になったらたぶんそういうことみんな本に書くと思うと彼は言った。その後もまだまだ話は続いたが、白状すれば、目は彼の口を離れずとも、いくらも経たぬうちに私は聴くのをやめていた。

自身の履歴を語り終えたソーヤーは、次にハックについて語り、それによると、亡き父の遠縁を頼ってイリノイ州ロック・アイランド近辺のケンブリッジに赴いたハックもやはりそこで若干の教育を受け、「軽度の法律違反」（これについてソーヤーは詳述しなかったし私も訊く気はなかった）ゆえにしばしば刑務所で過ごした合い間にありとあらゆる職に手を染めたという。話しながらソーヤーはくっくっと笑い、一方ハックは道路の方を見やって、ソーヤーが語っている物語から抜け出る道、自分の中に入るための新しい道を探しているような顔をしていた。こいつほんとに「川ネズミ」でさ、とトムはさらに言って言葉が笑いに泡立ち、ちょうどいまもキャプテン・イーズが経営してる河川引揚げ会社で現場監督補佐やってるんだと言った。この新しい地位を得たのはハックがカンザスから戻ってきた直後のことだったという話でトムは締めくくり、笑いは午前なかばの露のように蒸発した。「いざこざ起こしてる連中が何企んでるのか見に行ったのさ、ニューイングランドや東部やアイオワから来た連中もいればここから行った奴らもいて、何世紀も続いてきた文明をひっくり返して、俺たちの生き方や自由を奪って、俺たちが何をやれて何は所有できて、何はやれなくて所有できないか指図しようとしてるんだよ」

私は何も言わずにじっと彼を見て、それからハックを見たが、やがてハックが「こないだの冬はローレンスに行ったよ、州境をだいぶ過ぎたあたりさ。俺いくつかモメごと起こしたけど、大したことなかった」と言い、それから「けどジムはこんな話聞くの、退屈なんじゃねえかな」と言った。

「ジムが俺たちの話に退屈なもんか」とトムが言い、視線をしっかり私に据えた。

「そうは言ったって、いざこざ起こす野郎とのゴタゴタなんて聞きたかないさ。こいつどうやら、余計なことに足つっ込まずに生きてきたみたいだし。こいつに会えてよかったよ」

「ありがとう、ハック」と私は言い、トムにも会釈したがトムは顔を眉をひそめた。

「俺たちが何やってたか聞くのが余計なもんか、こいつにそれより大事なことなんてあるか」とトムは言った。「ありゃしねえだろ？」

「まあそうかもな」とハックは言って、トムが顔をそむけると私に向かってこっそり肩をすくめてみせた。「もっとも、ジムが最近何やってるのか俺は全然知らねえ」

「お前、いつこのへんに来た？」とソーヤーは言い、剃刀みたいな唇で私に笑みを切ってみせた。「たしかさ、自由になったと知ったとたん、俺たち朝起きたら、お前いなくなってたもんな」

私はこの若造に言おうかと思った――あの当時、ハックと私とでハンニバルへ戻っていき、ミス・ワトソンの遺書によって私が自由になったことは知ったものの、町に住むラフルーアという男とその兄弟たちが（みんなその後南軍側に付いた連中だ）私が仕事をしている厩《うまや》に来て、お前のこと売り飛ばして奴隷の身に戻してやってもいいんだぜ、政府が商売禁じたもんだからお前らの体、ミシシッピを南に下った方じゃ高値が付いてるんだ、などと何度もふざけて言うものだから、ここはもうきっぱり向こう側へ渡ろうと決め、潮が引いたとわかっている頃合いに何度も練習したのだ。私は泳げるし、高く切り立った壁のうしろに立つ目隠しされた盲人だって、ハンニバルからイリノイは見える。ある晩、腰まで水に浸かっていると、土手沿いを巡回していた見張りの白人がいちゃもんを付けてきたので、自分が解放された身であることを私は改めて伝えねばならず、首に掛けた防水の金属ロケットにしまっている書類（ミズーリ州マリオン郡の中央裁判所に行けば同じものがファイルしてあるわけだが）も見せたが、そんな白人とタメみたいな生意気な口利いただけでもブタ箱にぶち込んでやっていいんだぞ、だがまあ貴様があのミス・ワトソンの――彼女の魂よ安らかに眠れ――奴隷だったことに免じて見逃してやる、と相手は言い、私も逆らわずにただうなずくだけの知恵はあり、それから町の黒人街の小さな部屋にひっそり用心深く帰って、逃げ出す決心をまた新たに固めたのだった。

私は言おうかと思った――当時の妻セイディーは私があの白人の少年ハックを殺したと思った時点でよその男とつるんでしまったものの、それより前に私は、子供たちと彼女の自由を買い取ると誓ったのであり、その約束は守るつもりだったので、逃げる計画も妻に打ちあけたが、すると彼女は自分と子供たちも一緒に連れていくよう私を説き伏せ、さすがにこっちは彼女の新しい男まで連れていく気はなかったから、そいつについては彼女が追いおい呼び寄せればいいということにし、当時は二人しかいなかった子供たちは（耳が聞こえず口も利けないが横びき鋸《のこ》みたいに頭が切れるエリザベスと、小さな私のように見えるジョニー）、向こうに落着き次第すぐ自由の身にしてやるつもりだった。もろもろの徴候から見て時は熟したと確信するや、私はみんなを土手の一番向こう、使える筏にあらかじめ目をつけておいたところへ連れて行き、必要な品をひとつの小さな袋と、働いていた厩から借りたカンバス地の旅行鞄にまとめたが（借りた、と言うのは後日郵便で切手もちゃんと貼って返したからだ）、セイディーを見れば、いまの男がこっそり一緒に来やしないかとあたりをきょろきょろしている。私はきっぱり、私と子供たちと一緒に来るか、男との至福に浸りつづけるかのどちらかだと言い渡した。子供たちについては聖クリストフォロス〔キリストを背負って川を渡ったとの伝承がある〕のごとく背中におぶって向こう岸まで行くことも辞さぬ気だったし、情夫まで助ける気はないにせよ必要とあらば妻だっておぶってやるつもりだったが、そのひんやりした春の夜、我々はあっさりイリノイに到着し、見張りが巡回していて絶対に上陸できっこないオールトンの主要な埠頭よりずっと北まで行って陸に揚がり、白人の警官にすぐさま報せに飛んでいくことで悪名高いニグロにも気をつけるよう人から言われていたが、その下司な黒ん坊も見あたらなかった。

私は言おうかと思った――私は落ちあうべき人物を首尾よく見つけた。私たちが荷馬車に乗せてもらえて川沿いをまっすぐ北へ行きドクター・イールズの住む町クインシーまで連れていってもらえるすべを、この人物が知っていたのである。世の中では「奴らのたわごと《ジバリッシュ》」と呼ばれる、だが私たちにとっては秘密の鍵に満ちた言語を我々は喋り、この人物が別の人物のところへ私たちを連れていってくれた。日々身に恐怖を覚えはするものの今日私たちは依然自由であり、いまでは誰も彼らを罪に問うたり罰したりはできないから私としても心おきなく真実を語れるので、二人とも黒人女性だったことをここで明かしてもいいだろう。一人目はこの世に住む家とてないかのように身をやつし、二人目は男物の、夜警の助手みたいな服を着ていた。この二人目の女性に導かれて、私たちはドクター・イールズの許《もと》へ向かう荷馬車に乗り込んだ。あなたは小さな子供に泣いたり笑ったりさせないことに命がかかった経験があるだろうか？　配偶者と、子供二人と一緒に隠れたことはあるだろうか？　実際私たち四人は、ドクター・イールズから見て二人多すぎたのだが、私がドクターにさんざん頼み込んで、どうにか追い返されずに済んだ。私はすでに解放された身であり、妻はまだ危険な身である。妻と子供たちが直面している危険について少なくとも 20 回私は説明し、私たちの当面の居場所であるドクター・イールズの家の屋根裏で一週間にわたりドクターに懇願しつづけた。大半の時間私たちはそこに黙って横たわり、ドクターが定期的にやって来ては私に質問するのだった。何しろその街は逃亡奴隷をかくまう人間が多いことで悪名高く、奴隷捕獲人たちも特に目を光らせて街をうろついていたし、それにセイディーと子供たちの所有権を、セイディーに見捨てられた男友だちのそれとあわせて持っている連中が、いまごろはもう通報を出したにちがいなかったのだ[2]。

私は語ろうかと思った――とうとうある日曜の夜明けのあと、エルジン〔イリノイ州、シカゴのほぼ西にある市〕をはじめ東の何か所かへ荷を運んで

2　ドクター・リチャード・イールズ（1800―1846）は黒人奴隷の逃亡を助ける組織「地下鉄道」に加わって多くの黒人が自由を得るのに協力した実在の人物。

くれる馬車を求めている一人の白人女性がドクター・イールズの家を訪れると、ドクターは私たち四人を偽の床の下に入れてくれて、妻はそこが私たちの棺《ひつぎ》になると確信したが、捕獲人を逃れて移動するにはこれしかないのだと私が言い含めた。私たちは金属の車輪が付いたこの浅い墓に入り、何日も続くと感じられたあいだ移動を続け、イリノイ州最悪の道路と思える道を進んでいったが、実のところそれは24時間にも満たなかった。途中道端の木立で停まって水を飲んで用を足し、クルミと堅パンの入った冷えた粥《ポリッジ》とを食べてから隠れ場所に戻り、次にそこから這い出すとそこはもうシカゴの街で、それは控え目に言っても堂々たる眺めであり、ハンニバルなどよりずっと堂々としていたが、当時のシカゴは由緒あるセントルイスほど華麗でもなく建物が並んでもおらず、したがって今日ほど堂々としてはいなかった。

私は物語ろうかと思った――私たちはそこに腰を落着け、まずはセイディーと子供たちそれぞれの自由身分証明書をイリノイ州クック郡から発行してもらい、私もむろん自分の、名前がちゃんとジェームズ・オールトン・リヴァーズとなっている証明書を確保した。自分が元々呼ばれていた名も残したけれど、初めて本当に自由な空気を吸った町の名を付け加えたのである。それまで生涯ずっと境界線でありつづけてきた、あのくねくねと流れる泥っぽい川（ミズーリ側では長年奴隷の身、もう一方は求めてきた目標）の向こう岸に私たちはやっと達し、それからピオリア〔シカゴの南西にある市〕でイリノイ川を渡って、ついにはシカゴに着いて、海みたいな湖に通じるあの二股の川を越え、そうしたなかで私はミス・ワトソンの名前を捨てることにこれっぽちの疚《やま》しさも感じなかった――あの女性は立派な主人でも貴婦人でもありはしなかったのだから。私は以前、白人の連中にただジムと呼ばれたが、若造ソーヤーもそうしたようにやがて誰もがジム・ワトソンと言うようになっていたので、ジムでもジム・ワトソンでもなくミスター・ジェームズ・オールトン・リヴァーズと自然に名のれるようになるには練習が必要だったし、セイディーもセイディー・メイ・リヴァーズと名のるのにやはり練習が要り、ミドルネームのメイはここに着いたのが5月だったのにちなんで付けたのだが、名字のリヴァーズの方は妻はいまひとつ気に入らず、単にセイディー・メイと名のるのが常だった。一方娘のエリザベスは、ベア・クリークのはずれのあの農場で幼くして死んだ妹のアミリアを偲んでベッシー・アミリア・リヴァーズと名のり、ジョニーのミドルネームは、私が会ったこともない、純粋なアフリカ人だったと言われる私の祖父オビにちなんで、かつハンニバルでも私が捨てずに保った古い信仰オビアにちなんでオビとしたが、この子は一瞬も迷わずジョニー・O・リヴァーズと名のりはじめた。

私はソーヤーの若造とハックルベリー、もうすっかり大人になった二人に向かってこう締めくくろうと考える——私はいかなる時いかなる所でも、その目的のために買った革のポーチに入れてあの証明書を肌身離さず着けていて、そこには**ジェームズ・オールトン・リヴァーズ、有色自由民**と書かれていて、この人物はいかなる時いかなる所でもイリノイ州の住民・市民であって、したがっていかなる時いかなる所でも個人としてかつ財産所有者として、いかなる時いかなる所でも彼の——すなわち私の——利害を正当に追求するにあたって人からしかるべく尊重される権利を有していると明記され、主《しゅ》の年 1852 年 11 月 23 日、シカゴの当該裁判所の印《いん》とともに署名も付されている。私はこれをずっと、ミズーリに戻ったあいだも、そしてここセントルイスに腰を落着けてからも（ハンニバルには何があろうと足を踏み入れる気はなかった）携帯してきたのであり、例のラフルーア兄弟をはじめとするハンニバルの住民にここでたまたま出くわしたとしても、こっちはミズーリ、イリノイ両州と連邦政府が味方なのだから連中は何も言えないし何もできないが、とはいえミスター・ドレッド・スコットとミセス・リジー・スコットが裁判所相手に味わわされている試練に鑑みて逃亡ルートはつねに確保してあるし、川向こうに隠れ家も用意してある[3]。

代わりに私は「シカゴに何年か住んでから戻ってくることにしたんだ。ここにとどまるために保証金も払って、ずっと仕事もして、結局腰を落着

3 1857 年、自由州に移り住んだスコット夫妻に関し、黒人は合衆国市民ではないという理由で自由を認めない判決を最高裁が下して波紋を呼び、南北戦争勃発が早まった。

けることにした」と言った。

「シカゴときたか」とソーヤーは言ってハックルベリーを見た。「どうやら俺たちの昔馴染み、だいぶお偉くなっちまったみたいだな。どう思う、ハック？」

「南はミシシッピ州まで行ったしケンタッキーのルイヴィルにも行ったけど、シカゴには行ったことねえな」とハックは答えた。

「シカゴじゃいろんなことが起きてるんだよな」とトムが言った。

「ジムは全然そんなこと言ってない――前そこにいて、ここに戻ってきたって言っただけだ」とハックが言った。

「シカゴ行って、いろんな考えに染まってくる奴もいるぜ」とトムは言った。

その顔のあちこちの角張り、それを割れた陶磁器みたいに何度も分解して組み立て直していると、何だかもう誰の顔だかわからなくなってきた。

「ま、どうやらジムの奴、厄介《トラブル》に関わらずにやってるみたいだな。今日び何が悪いって、ああいう厄介《トラブル》に巻き込まれるのが最悪だよな、ラヴジョイやトーリー〔著名な奴隷制度廃止論者たち〕みたいな連中と関わりあいになるのが。あとあの新しい作家のミセス・ストウだ、ああいうのが世論を煽って、ごっそり厄介《トラブル》を引き起こしたがる」

私は黙ったまま、二人にこう言うべきだと思った――二年前に占いや予言をやってみて、セントルイスに行くのがいい、そのままカンザスかオクラホマまで下ってもいいとの結果が出たので、子供たちに別れを告げ、一週おきに手紙を書く、食べ物と本と服の金は送ると約束し、セイディー・メイにも別れを告げて、子供たちを一緒に連れていったりしない限り彼女が新しい恋人どもとこの世の果てまで行ったって構わない気だったと。私は朝一番でシカゴを出て、徒歩とヒッチハイクとで生まれた州へ向かったが、今回はちゃんと書類を持っていて、ジェームズ・オールトン・リヴァーズ、いかなる所いかなる時でも自由、とそこに書いてあるわけで、ラフルーアにだろうが誰にだろうが奴隷の身に戻されてたまるかという気持ちだった。やがて、カホキアのインディアンの遺跡を回り込んで〔カホキアはセントルイス南郊外の村で、遺跡は世界遺産〕やっとセントルイスにたどり着き、腹違いの兄イジーキエルのところに私は居候した。この我が異母兄は、一足先に解放されると一秒も待たずにハンニバルを去り、かつての主人の名字を使ってカリロンと名のっていたが、その後私に説き伏せられてリヴァーズに改名したのだった。彼を通じて、ミスター・ウォレス・ウォレスなる、1830年代に自由を得た、その銀色の瞳ゆえに郡でも指折りの由緒ある家系の内緒の息子と噂された年配の紳士が所有する酒場の建物を掃除し修理する仕事に私は就いた。ミスター・ウォレス・ウォレスはほかにも数当て賭博、トランプ賭博、痛み止め薬などいろんなビジネスを抱えていて、時にはご婦人や種馬なども世話する必要があったので、じきに私はその酒場の経営も任されるようになった。ミスター・ウォレス・ウォレスが提供する愉楽を好む白人男性がセントルイスには相当数いたが、その手の人々からそれなりの取り分を貰うときはつねに用心しないと、ミスター・ウォレス・ウォレスのように、絹のネクタイ、ルビーをちりばめた懐中時計、銀色の瞳、真珠の把手《とって》が付いたピストル（必要とあらばそれを振りかざすことを彼はためらわなかった）等々を身につけたままディ・ペア川に顔を下にして浮かんで取り分はゼロ、なんてことになりかねない。

もし残酷に真実を語ろうとするなら、ミスター・ウォレス・ウォレスはぐじゃぐじゃの混乱をあとに残していったと言ってもいい、と私はこの二人に語りたい。とにかくいろんな妻やら愛人やらに何人も子供を産ませ、その中には自由な者もいれば奴隷の身の上の者もいたしミズーリ側にいる者もいれば東セントルイスのすぐ隣のブルクリンにいる者もいて、ほかにもまだ、自由の証明書を手に入れた時期から今日までに、川沿いにずっと、北はミネソタまで広がる別の一族を残したという話も聞いた。いずれにしろ、私は酒場の経営を続けながら、建物の権利の問題を解決してくれるたぐいの人々に連絡を取り、少々細工が必要だったが建物を私の名義にすることに成功し、そうしたとたんにある白人の男に建物を売却した。相手はそこのみならず、その一角の建物を全部取り壊して倉庫を建てようとしていた——何しろ当時は世界中から白人が押し寄せてきていて、そこらじゅうの自由州から、南部の州から、アイルランドからドイツから、風に吹かれてきたみたいに次々やって来て、みんなが金を儲けたがり、たがいに助けあっていて、連中にはそのちっぽけな酒場が邪魔なのだった。召使いの給金より多い金を私は受け取り、カンザスへ去ろうとしている男から別の酒場を安く買ったが、この店は川のもっとそばで、シカモア・ストリートにあって線路にも近く、屋上からは死刑やリンチが行なわれるダンカン島まで見えた。イジーキエルが看板にペンキで〈リヴァーズ・タヴァーン〉と書いてくれて私は商売に取りかかり、酒はつねに水で薄め、つけはめったに認めず客が夜を明かすのも許さず、絶対必要なとき以外は借金も避け、じきに自分とイジーキエルのピストルも確保して、強盗を寄せつけぬよういつもズボンの尻ポケットに入れていたが、警察と地元市会議員の部下とに定期的につけ届けすることは忘れず、一週おきの木曜日、かならず午前中に、向こうが要求してくる額に若干上乗せした金を渡したおかげで、まったく何の厄介《トラブル》も起きずに済んだ。

商売は上手く行っていたものの、女に関してはまるっきり運がなかったが、そのことをこの二人に話すつもりはさらさらない。セントルイスで、初めて一人の女と懇《ねんご》ろになったが、これもその女が本気で気に入ったというより、とにかく女をそばに置いてみたかったからだが、この女というのが同時に別の女と深い仲になっていることがわかった。それで私の方から縁を切ったが、女はこの二番目の女を差し向けてきて、貴方さえよければこちらは二人ともお望みに応じる用意がありますと言ってきた。たしかに聖書でも男が複数の妻を娶《めと》るのであってその逆ではないが、このオーガスティンという女は人を意のままに動かすコツを心得ていた。私の許に訪ねてきた、きっちりカールした髪、私と同じくらい黒い肌の、足を引きずって歩く女は名をルイーザといい、結局私は、この二人の女と、オーガスティンの大人になりかけの娘二人とが住む家に移り住むことになったが、この娘二人というのが母親の導きに対していまひとつ従順でなく、しかも母親は母親で自分の商売にかまけていたものだから、娘たちに言うことを聞かせるのはどう考えても無理な相談だった。ルイーザは医術や占いに興味を持っていて、やがて私は彼女の方がずっと好きになってしまったが、彼女も打ちあけて言うには、私のことを一目見たとたん、あの男を逃がしちゃ駄目よ、とオーガスティンに言ったのだそうで、肩は石炭みたいで脚は毛深くて酒場の客あしらいも上手で商売も巧みな私のことをもっと知りたいとルイーザは思い、そして私も、この小柄で痩せた、肌は真夜中の色、唇は反語をつきつけるみたいにいつも開いていて、本が好きで、瞳も真夜中の色、片脚は奴隷だったときに折れてきちんと治してもらえなかった女に惹かれ、そうやってすべてが始まったのだった。とはいえ、私はルイーザに、用心しなくちゃいけないよ、まあオーガスティンは彼女も彼女でいろいろ陰でやっていて私たちの仲も気にしないみたいだが、娘たちもいるわけだし、決まりやしきたりに従わない人間を警察が牢屋に入れたりミシシッピの下流に送り出したりするからねと言った。けれどルイーザは何週間かあと、一緒に酒場の経営をやるようになってから、いかにも彼女らしい口調で、心配しなさんな、ここは開拓地じゃない、あたしたちが何やろうと誰も気にしないわよ、警察が来たらいつだって西に逃げてインディアンと一緒に住ませてもらえばいいのよ、そうすりゃ警察だって手が出せないわよと言った。

代わりに私は「私が何やってるかというとね、ハックルベリー、ただ精一杯働いて自分の人生を生きてるのさ、ラヴジョイだのトーリーだのなんて何も知らんね」と言い（むろん二人が何者かはよく知っている——自由な人間で、奴隷制廃止活動家のヒーローたちの名前を知らぬ者はいない）、「ミセス・ストウとかいうご婦人も存じ上げないし」（去年一年で彼女のこと、彼女の本のことを聞かなかった人間なんているだろうか？〔『アンクル・トムの小屋』が出版され議論が沸騰したのは 1852 年〕）「西へ行こうなんて考えてみたこともないね」

ハックルベリーはうなずいたが、ソーヤーは私のことをじっと見ていた。しばらくのあいだ何も言わず、私がそれじゃと言って立ち去ろうとするまで黙っていた。私が動き出したとたん彼は笑い、それは上機嫌の表現というより耳障りなあざ笑いで、それから彼は私の方に身を乗り出し、通りがかりの連中がこっちを見るなか、大声で喋り出した。「ようジム、お前、あんまり調子に乗るなよ。俺たちがお前のこと知っててよかったぜ、お前と来たら我がもの顔で街歩いて、お前ら最近何考えてるか知らんけど、街はニガーのものなんかじゃねえんだぞ、だから調子に乗るなよ、そのうち俺やハックみたいに善人だっていい加減愛想尽かすぞ」。そう言いながら私の肩をばしんと強く叩いたので、唇が針金みたいなその口に一発食らわせてやろうかと思ったが、酒場を失うようなこと、自由を失うようなことはやりたくないので、「わかるよ、トム」と私は言い、すると、ハックルベリーはもうほとんど笑顔になりかけていたがトムの笑いが止んで「俺のことをミスタ・トム・ソーヤー、サーって呼べ、ジジい（You call me Mr. Tom Sawyer, Sir, old man）」と彼は言い、私が「イエスミストムソーヤーソイルマン（YesMissTomSawyerSoilMan）」と「ミスター」や「サー」を省いたかどうかも「オールド・マン」をつけ足したかどうかもはっきりしないくらいの早口で言うと、彼はじっと、ほとんど微笑んでいるような目で私を見、きっぱりと、冷たい声でもう一度「いいか、警告するぞ、調子に乗るんじゃねえ」と念を押した。

ハックルベリーが私の手をぎゅっと摑み、あまりにもきつく摑んだので洪水のように感情が湧いてきてワトソン未亡人との年月が一気によみがえって、それから彼は、相棒には聞こえない、私にだけ聞かせる小声で「気をつけてくれよ、ジム、頼むから厄介《トラブル》なんかに関わらないでくれよな、もうこの世界、いまにもぱっくり割れちまいそうでさ、お前が呑み込まれるの見たくないから」と囁いた。

そんなことに関わりやしないよ、と私は答えたが、私としては理に適った範囲内なら何でもやりたいことをやる気でいたし——特にそれが、今後ほかに誰一人奴隷にされないようにするのに役立つのであればなおさらだ——だいいち、私を呑み込むだの私が呑み込まれるのを見るだの、そんなことができるのは死くらいなものであり、こいつやこいつの相棒には全然関係ない。私が二人に向かって別れの挨拶を口にし、動きはせずに彼らが立ち去るのを見守っていると、ソーヤーの頭と両腕は５セント劇場の映画みたいにくるっと旋回し、ハックは会釈したが一度もふり向きはせず、やがて彼らはミル・クリーク近くの地平線に消えていった。

その後何年か、どちらにも出くわさず、やがて戦争が始まったので、きっと二人ともどこかよそへ移ったか——ソーヤーはこのへんの連中が大勢向かっているネヴァダかオレゴンへ行ったか、ハックルベリーはカンザスあたりか――それともすでに二人とも南軍側に付いて戦いに行ったかと私は思っていた。火急の問題はミズーリがどちらにつくかで、クレイボーン知事は反徒たちに味方したが、じきにライアン将軍が来てドイツ系の連中が猛然と反徒たちを攻撃した。あの痩せこけた移民たちが北軍の兵器庫から届いたライフルを抱えていて、私の知る誰一人、白人が白人に向けてそんなふうに一斉に発砲するなんて信じられなかったが事実発砲したのであって、それはここでの戦争の始まりでしかなく、かつセントルイスにとどまった者たちにはそれが戦闘全体の縮図でもあった。このころにはもうジョニー・Oが私と一緒に暮らすようになっていて、はじめ彼はルイーザに馴染まなかったが、結局一年ばかり一緒に住んで、軍隊への物資を積んだ蒸気船がひっきりなしに出入りする波止場で勤め口を見つけ、空いた時間、私も酒場で仕事をしていないときには医術の手ほどきをしてやった。そしてジョニー・Oは、ベルフォンテーンの家族にいまも所有されている娘と恋に落ちたので、娘が自由になって二人が結婚できるよう私は彼に金をやってシカゴに戻らせた。息子はある夜遅く出ていき、彼が行ってしまうのを見るのはひどく切なかったが、川の見張り人に呼び止められたけど何とかシカゴに着いたと手紙が届き、その後も一週おきに、私がかつて息子や娘に書いたみたいに息子も手紙をよこし、いずれ帰ってきて戦うと約束していた。

1863年夏の盛りに、スコフィールド兵舎で志願入隊ができると軍が発表し、私はもう40を越えていたが――正確には46だ――戦闘に直接貢献するのが己の務めだと思い、ミスター・リヴァーズ、あんたどう考えても年とりすぎてますよと言われるものと覚悟したが、噂ではワシントンで戦いが始まったとき最初の戦死者も年寄りの黒人だったというから、そいつに仕える気があったなら私だってやれるはずだと考え、とにかく行ってみた。ルイーザは私の決断に抗議したが、私がやっていることは正しいとはっきり認めはしなかったものの、私がいないあいだここにとどまって酒場を切り盛りすると約束してくれた。彼女に別れを告げるのは胸がはり裂ける思いだったが――一緒に暮らしはじめて以来、私たちは一度もたがいの許を離れたことがなかったのだ――やってみたあらゆる占いの結果を見ても、私の胸の奥に問うてみても、戦争が終わったら私はこの酒場のこの扉を通って彼女がそこに立っているのを見るのだと確信できた。

軍は私を受け入れてくれて、我々第一ミズーリ有色人種軍は大半は若者だったが何人かは年を食っていて、州内から来た者、北、西、南から来た者たちがじきに結集し、そしてこのへんのことは新聞記者に全部話すつもりで、メラマック川を渡り、それからヘレナに向かい、延々行軍して、テキサスへ達するまでに戦った戦闘一つひとつ、銃撃戦一つひとつについて話すつもりだけれども、その前にまず、あの顔を二度目に見たときのことを記者に話してやらないといけない。私たちがすでに、ブラウンズヴィル〔テキサス州南部〕からも近いロス・ブラゾス・デ・サンティアゴに着いてからのことだった。あなたは気づいたことがあるだろうか、決定的な日には光が特別な感じに木々を通って差してきて、未来のパターンが幽霊の言語として姿を現わし、単に注意を払う程度では駄目で、ありったけの知識と知恵を使ってそれを解読しないといけないことを？　私がまさにそうやってじっくり読み込んでいると、中隊仲間のシドノアが息を切らせて駆けてきながらわめいていた。「大佐が言ってる、もう停戦になったけど反乱軍ともう一度やり合うことになるかもって」、これを何べんもくり返すものだからバーガマイアーたちが睨みつけて黙らせた。でも私がシドノアの言葉に耳を傾けたのは、その朝の光が、もう何年も前にセイディー・メイと子供たちと一緒にミシシッピを渡った朝のように輝いていなかったからだ。太陽の光線が川辺に通じる小径を作ってもいないし、ここテキサスのナツメの木（ハンニバルではクラブアップルとサクラだったわけだが）の枝に光が触れて枝を捉えて撫でもせず、きらめきが葉を前兆や予兆で包み、翳《かげ》りある模様の手掛かりを草や土に刷り込んでいるので、こちらはそれを何とか読みとらないといけない――真のテストはつねに、単なる推測の先まで行って、自分の周りの世界が差し出す地図に従えるかどうかなのだ。

じきにアンダソンが、将校のテントが並んだ方から威勢よく足を踏み鳴らしながらやって来て、富くじで名前を呼ばれたみたいにニコニコ満面の笑みを浮かべていたが、シドノアとは違って私が何かをじっくり読み込んでいるときは邪魔しないよう心得ているので、黙ってかたわらに立ってくれて、おかげで私の目は光の矢をたどって青葉の中に入っていき、矢を指でなぞり、匂いを嗅ぎ、その余韻の響きとそれを包む静寂とに耳を澄ますことができ、どうやらひととおり済んだと見えたところでようやくアンダソンは口を開いて、シドノアも私を見ていたがやがてもうじっとしていられなくなってアンダソンが何と言うか聞こうとこっちへそそくさと寄ってきた。お邪魔して済みませんがパパ・ジェームズ、俺たちにどんな報せをお持ちですか？　とこの若者、かつては奴隷の身だったが学校の先生みたいにメモを書くことができる、聖書やロングフェローの章や詩を一言もヘマせずに暗唱できて私のような年上の者に話すときは紳士的にふるまうアンダソンがそう訊ねたのだった。

私は答えた。「もうちょっと考えないといけないが、ここの、このしるしを見て」──そう言いながら、中心のすぐ上にハートの形がおぼろに漂っている光の十字、すなわち警告と悲嘆のしるしを指さした──「そうして、草が外向けに、見えない矢みたいに左右に折れているのを見て」──いまいるところから動くな、という意味だ──「そうしてここを見れば」──ものすごく埃っぽい、もうすでに寂しい死の砂漠に囚われてしまったかのように見える地面──「いまは攻撃すべき時じゃないってことが、私の両親と祖父母の墓に誓ってほぼ断言できる」。と、やっぱりそばに寄ってきていたドゥヴォーが、私がまるでそこにいないみたいな口調で、そんなまじないやフードゥーなぞが当てになるもんか、俺たちに必要なのはガンガン戦って次の戦線まで行くことだ、南軍の奴らとフランス人、メキシコ人の歩兵どもを死神が鎌をふるうみたいに打ち倒すんだ、と言い返すと、みんなニコニコ笑って拍手しはじめた──ジョンソン、スコット、シェパード、サムター〔南北戦争が始まった場〕で最初の銃が発砲されるずっと前に姉や妹をさらわれてアーカンソーに連れて行かれたモリス、ウィルソン、パターソン、レナード、ケリー、さらにはバーガマイアーまで、ほとんど全員がそうした。ドゥヴォーはもうすっかり盛り上がって、その声はまるっきりそこらへんの説教者みたいで、実際奴がこうやってまくし立てるのを初めて見たときアンダソンが教えてくれたのだがドゥヴォーの父親は本当に説教師で、自由になったとたんに聖書を手にとったそうで、息子も跡を継ぐつもりで州北西の端のネブラスカにも近いあたりに一家で暮らしていたが、じきに息子の言うことが変わってきて、俺たちみんな奴らを撃ち殺すだけじゃ駄目なんだ、一人最低 10 人はぶっ殺さなきゃいけない、皆殺しやってプライスとかベッドフォード〔南軍の将校たち〕とかいった奴らに思い知らせなくちゃいけないんだ、などと唱えるようになった。ようやく奴が黙ると、アンダソンがみんなに、敵を捕虜にしろっていう命令なんだぞ、乱痴気騒ぎやるわけには行かないんだぞ、と釘を刺した。

乱痴気騒ぎ《スプリー》という言葉を彼が言うと、何人かがゲラゲラ笑い出した——そんな言葉、聞いたこともなかったからだ。アンダソンはふだんはものすごくきちんとした喋り方をすることも多く、辞書が喋れたらこんなふうに喋るんじゃないかという感じで、聞いているとかつての女主人を私は思い浮かべた。彼とバーガマイアー、ほか何人かが交代で午前中に焚き火のそばで授業をやり、綴り方、話し方、算数をみんなに教え、よく畑とか田舎町の店とかで教えているたぐいのことじゃなく、時が来たらきちんと自分の名前が書けて、書類に何が書いてあるか理解できて、給料を勘定するのに人に頼らずポケットに入れる前にも入れたあとにもちゃんと自分で数えられるようになるたぐいのことを教えていた。私もだんだんアンダソンに親しみを覚えるようになって、読みとったことを彼に伝えるようになった。アンダソンの言うことだったらみんなもっと聞くだろうから、彼がそれを自分で察知したみたいに言ってくれればと思ったのだ。

でもその日は縁起のいい日ではなく、なのにバレット大佐は私たちに、準備に取りかかり灰色の反乱者たちに向かって進軍するよう命じた。わが合衆国有色軍（陸軍が私たちミズーリの旅団を北軍管轄下に置いて以来これが我々の呼称になっていた）の 8 個中隊が、ブランソン中佐率いる白人第 2 テキサス騎兵大隊と合流してボカチカ峠を越えて敵と戦い、奴らをブラウンズヴィルまで退却させ、その間なるべくたくさん捕虜にするという筋書きである。夕方の行軍に向けて私たちは一日準備に明け暮れ、白人のうち 50 人ばかりは馬なしで行くしかないことがすでに明らかだったが、反乱者たちに追いつき次第奴らの馬をできるだけ多数接収するようにとアンダソンとバーガマイアーが中隊じゅうに触れて回った。支度をして荷造りをする合い間に、私は短い手紙何通かの文面を考え、アンダソンがそれをしっかりした筆蹟で書いてくれた。宛先は、いまだテネシーに配置された連隊に入っているジョニー・O、ミネソタとウィスコンシン一帯の軍隊のために資金を集めているベッシー・アミリア、私の日々退屈な軍隊生活の仔細を聞くのが何より好きなルイーザ。正午近くに霧雨が降りはじめ、そのことをアンダソンに指摘すると、じき止みますかねと彼は言ったが、峠に着いたころにはもう大雨は怒濤と化していて、空はぱっくり割れて雷が鳴り、不吉な光が光った。高く伸びた、濡れた草をかき分けていく我々の歩みは遅々として進まず、草はいまやあらゆる秘密を隠し、奇妙な水浸しの音と匂いを発して、ガマが照明弾のようにジュージュー音を立て、ゴマノハグサが悪臭を放ち、ベラドンナが死の抱擁を広げていたが、私たちは川の曲線に沿って夜通し進み、南軍の旅団を不意討ちした。テキサスの連中は反徒を三人捕虜にし、彼らに命じられて我々の何人かが敵の野営地へ物資を取りに行かされたが、私はアンダソンに言われて野営を張るのを手伝い、翌日に関する手掛かりはないかと周囲の解読に努めた。

朝に目覚めて兆しを見てみると、凶と出ていたが十分には解読できなかったので、人には黙っていた。正午になり、私たちは亀みたいに匍匐《ほふく》前進でパルメット・ヒルのふもとの緑の広がりを進んでいたが、突然一斉射撃を浴びせられ、次の瞬間南軍の旅団が現われた。私はおおむね命令されたとおり後方に残っていたが、アンダソンが何人かを促して戦場の向こう端の川近くまで這って行くことにしたので私も仲間に入り、行ってみるとラクウショウの木立があり、腹這いになってヒョウみたいにゆっくりじっくり進んで木々の向こうに回り込むとそこにそれが見えた――両目とも見えなくなったって絶対わかったにちがいない顔、彼の顔、その横顔、すぼまった瑪瑙色の目、こけた頰を包むあの薄茶色のあごひげ、陽に焼けて赤くなった喉を囲むなかば前が開いている汚れた灰色の上着、そんな彼がしゃがみ込んで銃に弾を込め直し、何も見逃すまいとすばやく上や周りを見回している。アンダソンはそばにいるかと私はさっとうしろをふり返ったが、彼も残りの連中の大半も、開けた戦場を私の北に向かって前進していて、高い草の中を青い線が一本うねるようにのび、白人たちのうしろに私の仲間のバラバラの軍服が一方の側で青い波のように流れ、もう一方の側を反徒たちの灰色が流れて、何か恐ろしいことの終わりを告げるかのように砲火が騒々しく飛び交い、顔を上げると彼はまだ私に、眠りの中でも描けたにちがいないこの顔に気づいていなくて、かつて彼の目を見つめ彼を守ってやったこの目も、彼にとって兄のようだった、保護者のよう、第二の父親のようだったこの年長者の姿も彼にはまだ見えていなかった――その第二の父親はかつて、なぜこの子供は俺をどんどん恐怖の奥に引きずりこもうとしているんだろう、なぜ俺たちはまっすぐ解放の地である東にでなく南に向かっているんだろう、と不思議に思ったものだが、それも要するに彼と私の若さか無知か経験のなさのせいだったのだろうから、それについては彼を許し自分も許すつもりだが、そうは言っても私はあのとき危うく、それまでよりずっとひどい場所に行きつくところだったのだ――と、アンダソンか誰かが遠くで声を上げるのが聞こえて、私は銃を持ち上げ、目のところに持っていき、狙いを彼の両手に、せわしなく動いている、やはり銃を肩に、心臓の真上に載せている彼の両手に定め、私は銃を構え、引き金に指を当て、そのときようやく私たちの目が合ったのだ、そのことは新聞記者に話してやろう、そうしたらあの少年と川を下った旅のことをすっかり話してもいい、いまや彼の銃も私に向けられ、いまやほかの者たちの顔が彼のうしろに見えて、それがみんな彼の顔、その顔の輪郭を帯び、そのやつれた、毅然とした非情さを帯び、そんな顔が100くらいあって、焼け焦げた、毅然とした、非情な、自分たちの消えゆく宇宙のことだけ考えて私たちの宇宙のことは考えていない顔たちが並んでいて、そのとき波打つ草の向こうで叫び声が上がり、銃が、何丁もの銃の引き金が引かれたのだった。

第IV部「『冒けん』に入らなかった冒けん」は縦書きなので、162ページから戻る形でご覧ください。

Chapter IX.

I WANTED to go and look at a place right about the middle of the island, that I'd found when I was exploring; so we started, and soon got to it, because the island was only three miles long and a quarter of a mile wide.

This place was a tolerable long steep hill or ridge, about forty foot high. We had a rough time getting to the top, the sides was so steep and the bushes so thick. We tramped and clumb around all over it, and by-and-by found a good big cavern in the rock, most up to the top on the side towards Illinois. The cavern was as big as two or three rooms bunched together, and Jim could stand up straight in it. It was cool in there. Jim was for putting our traps in there, right away, but I said we didn't want to be

IV 『冒けん』に入らなかった冒けん

ジムのユウレイばなし
筏のエピソード

本文中に一部差別的、侮蔑的な表現が使われていますが、これは本書が書かれた時代背景とその文学的価値に鑑み、訳者が原文に忠実な翻訳を心がけた結果であることをご理解いただけますよう、お願い申し上げます。

ジムのユウレイばなし

マーク・トウェイン
訳　柴田元幸

以下に訳出したのは、『ハックルベリー・フィンの冒けん』第九章の一部となるべく執筆されたものの、結局削除されたエピソードである。『ハック・フィン』一二五周年版の編者たちは、トウェインがこの逸話を妻や娘たちの前で朗読し、そのグロテスクさに娘たちは大喜びしたものの、おそらくは（家庭内で検閲役を請け負っていた）妻が削除を命じた……という情景を想像している。

「なあジム、おれ前にここであらしに巻きこまれたことあるよ、トム・ソーヤーとジョー・ハーパーといっしょに。ちょうどこんなあらしだったよ、去年の夏だった。このばしょのこと知らなかったから、おれたちみんなビジョぬれになったんだ〔『トム・ソーヤーの冒険』16章で語られる出来事〕。イナズマがひかって、おっきな木がこなごなにくだけてさ。なあジム、イナズマってどうしてカゲができないのかな？」

「え、カゲできるんじゃねえの、よく知らんけど」

「できねえってば。おれ知ってんだよ。お日さまならカゲできるし、ロウソクでもできる、だけどイナズマはできないんだ。トム・ソーヤーがそう言ってさ、ホントにそうだったよ」

「それさあ、かんちがいじゃねえのかな。そのテッポーかしてみな、やってみるから」

　それでジムは洞くつの入口にテッポーを立てて、ささえて、そのうちイナズマがひかるとテッポーはぜんぜんカゲができなかった。ジムは言った――

「あれぇ、おっかしいなあ、すっごくおかしい。そういや、ユウレイはカゲがねえって言うよな。それってなんでだとおもう？　そりゃとうぜん、ユウレイがイナズマでできてるか、イナズマがユウレイでできてるかのどっちかだよな、どっちだかわかんねえけど。うーん、知りてえなあ、どっちなのか」

「うん、おれも知りてえよ。でも知ろうにも手はねえだろうな。ユウレイって見たことあるかい、ジム？」

「ユウレイ見たことあるかって？　おう、あるとおもうよ」

「はなしてくれよ、ジム、はなしてくれよ」

「あらしがこんなにヒューヒュー吹きあれてるんじゃ、しゃべってもろくにきこえやしねえけど、まあとにかくやってみるよ。ずうっと前、おれが十六くらいのとき、ウィリアムぼっちゃまが、もう死んじまったけど、そのころすんでた村にあった、お医者の大学にかよってたんだ。すごくおっきなレンガづくりのたてものでさ、三階だてで、村のはずれのおっきなひらけた土地にぽつんと立ってた。で、ま冬のある晩に、おれウィリアムぼっちゃまに言われたんだよ、大学行って二かいのカイボー室に上がって、死人が台の上にのってるからあったためて、切りきざめるようにやらかくしとけって」

「なんでそんなこと？」

「知らねえよ、死人のカラダのなかに、なんかさがしものでもあったんじゃねえの。とにかくそう言われたんだよ。で、ぼっちゃまが来るまでそこで待ってろって言われてさ。それでランタンもって、村はずれまで出かけてったんだよ。だけどもう風はビュービューふくし、みぞれはふるし、さむいのなんのって！　外は人っ子ひとり出てなくて、むかい風がすごくてロクにすすめやしねえ。もうまよなかちかくて、ものすごくくらかった。

　なんとか大学にたどりつけてホッとしたよ。で、ドアのカギあけてカイダンのぼってカイボー室に行った。タテ二十メートル、ヨコ八メートルくらいあるへやでさ、どっちがわのカベにも長い黒いガウンがならんでかかってる。死んだ人げん切りきざむときに学生さんたちが着るんだよ。で、ランタンふりながらすすんでくと、ならんでるガウンのカゲがカベにビローッってひろがってギューッとすぼまって、おっかないのなんのって。なんだかガウンがみんな、手あったためようとしてブンブンふってるみたいでさ。もうそれいじょう見なかったけど、おれのうしろでもまだやってんじゃねえかっておもったよ。

十二メートルくらい長い台がへやのまんなかにあって、死んだ人げんが四人のってた。みんなアオむけになって、ヒザがもちあがって、シーツがかかってる。シーツの下のカタチが見えるんだ。で、ウィリアムぼっちゃんからは、黒いホオひげはやした大男をあったためとけって言われてる。で、ひとりのシーツを上げてみたけど、そいつにはホオひげがなかった。だけど目がおっきくあいててさ、あわててシーツをもどしたよ。つぎのやつは見るもムザンなすがたで、もうすこしでランタン落としちまうとこだった。で、ひとつとばして、さいごのやつをためしてみた。シーツをもちあげると、よしよしこいつだってわかったよ、黒いホオひげがあって、すげえ大男で、カイゾクみたいにいかにもアクトーに見える。で、えらくさむい夜だってのに死にしょうぞくしか着てない。どいつもそうだったよ。で、こいつが何本かの丸いぼうの上にのってる――ころにするんだよ。おれはそいつのシーツをはがして、足のほうをさきにして、台のはじの、だんろの前までころがしてった。足はひらいて、ヒザはちょっと上がってる。で、台のはじでおこしてやったら、カラダの上はんぶんまっすぐになって、両足が台から下にたれてオヤユビが上むいて、まるっきりカラダあったためてるみたいでさ、けっこうしぜんなんだよ。ころのぼうつかってカラダささえて、よくあったまるようにアタマと背なかにシーツかけてやって、アゴの下でしばろうとしたら、そいつがいきなり目パッとあけたんだ！　おもわず手ぇはなして、うしろに下がって、ビクビクしながら見てみたけど、まあとくになに見てるってわけでもねえし、なにもしねえ。で、やっぱり死んでるんだってわかったよ。

　だけどとにかく、その目がガマンできなくってさ。見るだけでカラダじゅうブルブルふるえてくるんだ。なんで、顔にバサッとシーツかけて、アゴの下できつくしばったら、そいつはそこにすわって、カ

ラダの前がわはなにも着てなくて、アタマはおっきな雪玉みたいで、シーツが背なかをおおって、台のうしろにたれてる。で、足をひろげてすわってんだけど、なんせアタマがなんともブキミなんで、やっぱり見ちゃいられねえ。

　けどまあ目はおおったから、とにかくこのままにしといて、これいじょうよくするのはあきらめようとおもった。で、だんろのようすを見ようとおもって、そいつの足のあいだにクビつっこんでのぞいてみたんだけど、よく見えないんで、もっとあかるくしようとおもって、ロウソクをランタンからとり出した。だんろにはまだもえさしがのこってたけど、マキはぜんぶへやのむこうっかわにあった。で、マキをとりに行こうかなっておもってたら、ロウソクのあかりがチロチロゆれて、そいつが両足をうごかした気がしたんだ。おもわずブルッとふるえたよ。で、片手出して、おれのアゴの左っかわに出てるほうの足にさわってみたら、もう氷みたいにつめたい。だから、やっぱりうごかなかったんだなっておもったよ。で、こんどはアゴの右っかわに出てるほうの足さわったら、こっちもえらくつめたい。おれはさ、そいつの両足のあいだにしゃがみこんでたわけだよ。

　ところがだ、じきにそいつの足のユビがうごくのが見えた気がしたんだ。どっちのユビもおれの前にある。いやぁ、ホントになんかこわくなってきてさ。こいつはとにかくおそろしくデカい大男で、へやにはおれしかいなくて、顔にシーツかかった大男がおれの上にすわってるわけで、外では風がピューピュー、なんかなやみごとがある亡れいみたいに吹きあれて、みぞれはガラスにたたきつけて、そうこうするうちに村の時計が十二時打って、それがすごくとおくからきこえてきて、風でその音がしめつけられて、まるっきりウメき声みたいなんだよ。で、おれはさ、ああもうこんなところから早く出たい、お

れはいったいどうなるんだ、なんてかんがえてたら、そいつが足のユビをもぞもぞうごかしてるんだ――おれにはわかったんだよ、うごくのが見えたんだ、それにさ、かんじられるんだよ、そいつの目とか、シーツのなかのまるっこいアタマとか――

　で、まさにそのとき、そいつがドサっと落ちてきたんだ、つめてえ両足でおれのクビにまたがってさ、ロウソクをケッて消しちまった！」

「えー！　でおまえどうしたの、ジム？」

「どうしたかって？　なんにもしねえよ、なんにもしねえでおき上がって、まっくらななかをにげ出したよ。そいつがどういうりょうけんか、さぐる気なんかなかったね。ジョーダンじゃねえ。カイダンをいちもくさんにかけおりて、一歩ごとにギャアギャアわめきながら走ってかえったよ」

「ウィリアムぼっちゃんはなんて言った？」

「お前はバカだって言われたよ。ぼっちゃんカイボー室に行ったら、死んだ男が床にのんびりねころがってたんで、もち上げて切りきざんだんだって。ったくなあ、そんなことならおれも切りきざむんだったよ」

「でもさ、なんでそいつ、おまえのクビにとびのったのかな？」

「ウィリアムぼっちゃんにはさ、ころのぼうでちゃんとささえなかったからいけないんだって言われたよ。でもどうかなあ。死人があんなふうにふるまうもんじゃねえよ、人によっちゃキモつぶして死んじまったかもしれねえぜ」

「だけどさジム、それってユウレイとはちがうじゃん。ただの死人だろ。ホンモノの、かけねなしのユ

ウレイとかは見たことないわけ？」
「あるともさ、さんざん見たよ」
「じゃあはなしてくれよ、ジム」
「おう、いつかはなしてやるとも。けどあらしもおさまってきたから、まずは釣り糸見にいって、またしかけねえと」

筏のエピソード

マーク・トウェイン
訳　柴田元幸

『ハックルベリー・フィンの冒けん』（研究社）一六一ページうしろから五行目「これはジムも名案だと言って、ふたりでタバコを一ぷくして、待った。」のあとに、原書の編集段階では以下のエピソードが入っていたが、一八八三年刊の『ミシシッピ川の暮らし』に流用されたため、一八八五年の初版では削除された。ここに訳出する。

とはいえこっちはまだ子ども、知りたいとおもったらそう待てるもんじゃない。ジムとふたりでじっくり話しあって、そのうちにジムも、まあこれだけまっくらな夜だからあのおおきないかだまでおよいでってはい上がってぬすみぎきしてもだいじょぶだろうと言ってくれた。で、きっとみんなケアロの話をしてるにちがいない、ケアロでおりてパーッとあそぼうとおもってる人もいるだろうし、おりなくてもボートを送りだしてウイスキーとか肉とか買いにいかせたりするはずだとジムは言った。ジムはニガーにしてはおそろしくれいせいなアタマのもちぬしだった。いいけいかくがほしいってときに、まずまちがいなくいいのをおもいついてくれる。

おれは立ちあがって服をぬいで川にとびこみ、いかだのあかりめざしておよぎだした。じきに近くまで来たんで、用心しながらゆっくりすすんでいった。でもだいじょうぶ、だれもオールのところにはいない。いかだのヨコを泳いでいって、そのうちまんなかのたき火のほぼまよこまで来た。はい上がって、すこぉしずつ前に行って、たき火の風上の、なんかの板がつみかさねてあるなかにもぐりこんだ。いかだの上には男が十三人いた。みんな見はりの連中で、これがまたエラくあらっぽそうなやつばっかり。それぞれブリキのカップを手にもって、酒ビンをまわしてる。ひとりがうたっていた。てゆうか、ホエてるってかんじ。しかも上ひんなうたなんかじゃなくて、まあすくなくともお茶のまにはむかない。鼻イキもあらくホエていて、ひとふしひとふし、さいごのコトバをものすごく引きのばしてうたう。うたいおわると、みんなインジャンのときの声みたいにかっさいして、またべつのうたがはじまった。こんどのは——

「いかだのヨコを
泳いでいった」

おれらの町に　女がいてさ
女がひとり　町にいて
亭主を愛しちゃいるんだが
よその男をばい愛してた

そうしてうたう、リルー、リルー、リルー
リトゥー、リルー、リレイィィィイ
亭主を愛しちゃいるんだが
よその男をばい愛してた

てなかんじに、なんと十四番までうたったんだ。だけどいまひとつパッとしなくて、十五番をやりかけたところでだれかが、なんか年よりのウシが死にそうなうただなあって言って、べつのだれかが「いいかげんにしてくれよ」と言い、さんぽにでも行ったらどうだともうひとりが言った。さんざんからかわれたもんだからそいつはカッとなってとび上がってみんなにアクタイつきはじめて、おまえらのなかにドロボーいるか、いたらブチのめしてやると言った。

みんないまにもそいつにおそいかかるかっていきおいだったけど、そこでいちばんずうたいのおおきいやつがとび上がって
「しょくん、すわっていたまえ。おれにまかせてくれ。こいつはおれがひきうけた」と言った。
そうして宙に三べんとび上がって、とぶたんびにかかとを鳴らした。ひらひらがいっぱいたれてるバックスキンの上着をぬぎすてて、「カタがつくまで、みんなのんびりしてろや」と言ってこんどはリボンだらけのぼうしをたたきつけ、「こいつのくるしみがすむまで、みんなのんびりしてろや」と言った。

「宙にとび上がった」

それからまた宙にとび上がって、もういっぺんかかとを鳴らして、声をはり上げた――
「ウー＝ープ！　われこそはアーカンソーの山おくの出、がんそ鉄アゴ、足はしんちゅうハラは銅、死体づくりとはおれのこと！　サァ見てくれ！　人呼んでイチコロ死神、おれがとおれば木いっぽんのこらねえ！　父おやはハリケーン、母おやは地しん、コレラはハラちがいのきょうだいで、てんねんとうも母かたのほぼしんせき！　サァ見てくれ！　ちょうしがよけりゃワニ十九ひきとウイスキーひとたるがおれの朝メシ、わるけりゃわるいでガラガラヘビひとやまと死体いっちょう！　えいえんの岩もおれが一目ニラめばパカッとわれて、おれがしゃべ

「ちいさな輪をかいてまわった」

ればカミナリもだまる！　ウー＝ープ！　下がれ、下がれ、力があるだけ場しょもいるんだ！　血がおれののみつけの酒、だんまつまのさけびはおれの耳に音がく！　しょくん、とくとごらんあれ！――ふせろ、イキとめろ、そら本気出すぞ！」

　とかなんとかしゃべってるあいだずっと、男は首をヨコにふって、おっかない顔して、ちいさくまわってだんだんからだをふくらませ、ソデロをまくり上げて、ときどきピンとからだをのばしてゲンコツでムネをたたいては「しょくん、サァ見てくれ！」と言っていた。ひととおりすむととび上がってかかとを三べん鳴らして「ウー＝ープ！　われこそはとびきり血にうえたヤマネコなり！」とホエた。

　するとこのさわぎをそもそもおっぱじめた男が、ふるいソフト帽を下げて右目をかくし、前かがみになり身をのり出して、背中をそらせ、尻をうしろにつき出して、両のこぶしを前に出したかとおもうとまたサッとひきよせ、三べんちいさくまわって、ゼイゼイあらくイキをしながらじわじわからだをふくらませていった。それからピンと身をのばし、とび上がってかかとを三べん鳴らしてから床におりて（みんながかっさいした）、こうわめいた――

「ウー＝ープ！　クビひっこめろ、ひれふせ、ナミダの王国がやってくるぞ！　おれを地めんにおさえ

つけとくがいい、なにしろ力がどんどんわいてきてるからな！　ウー＝ープ！　おれは罪の子、好きにやらせたらエラいこったぞ！　しょくん、すりガラスだ！　じかにおれを見たらタイヘンだぞ！　気がむけばけいどのけいせん、いどのいせんを引きあみに、大西洋をさらってクジラをとる！　イナズマでアタマをぼりぼりかいて、ねるときはカミナリが子もりうた！　さむくなったらメキシコわんをわかしてひとフロあびて、あつくなったらひがんのあらしがうちわがわり、ノドがかわけば手ぇのばして雲をスポンジみたいにチュウチュウすって、すきっぱらで地上をあるけば行くさきざきできんが起きる！　ウー＝ープ！　クビひっこめろ、ひれふせ！　おれが太ようの顔を手でおおえば地きゅうは夜、月をひとかけかじればきせつがクルクルかわり、からだをぶるっとゆすりゃ山々のきなみくずれ落ちる！　おれを見るなら革をとおして見ろ――じかに見ちゃいかん！　おれの心ぞうは化石、はらわたはボイラー板《ばん》！　ヒマでタイクツなときはあちこちの村をみなごろし、本気出したら国ごとほろぼす！　はてしなく広いアメリカの荒野もおれのわが家、死者どもはみんなウラにわにうめる！」

　そう言ってとび上がってかかとを三べん鳴らし（みんながまたかっさいした）、おりてくると「ウー＝ープ！　クビひっこめろ、ひれふせ、わざわいのもうし子が来るぞ！」と言った。

　するともう一人もからだをふくらましてホラふきだした――おれにまかせとけと言ったほうの、みんながボブって呼んでるやつだ。それからわざわいのもうし子がまたやりだして、ますますおっきなホラふいて、つぎはふたりでどうじにやって、どっちもあいてのまわりでグングンふくらんで、あいての顔にパンチくりだしてあやうくめいちゅうしかけて、インジャンみたいにウーウーワーワーわめいて、ボブがもうし子をバトーして、もうし子がボブをバトーしかえして、つぎにボブがもうし子をもっとずっ

とあらっぽくバトーしてもうし子がサイアクのコトバづかいでバトーしかえして、こんどはボブがもうし子のぼうしをたたきおとして、もうし子がそれをひろってボブのリボンだらけのぼうしを二メートルくらいけとばし、ボブがそれをひろいに行って、べつにかまわんさ、これでおわりじゃないから、おれはなにひとつわすれねえしなにひとつゆるさねえ男だ、おまえもせいぜい気をつけるんだな、ゼッタイただじゃすまねえからな、このかりはおまえの血でかえしてもらうぜと言った。するともうし子は、いいともさ、のぞむところさ、こっちからもけいこくさせてもらうぜ、二どとおれの前に出ねえほうが身のためだぞ、おまえの血の海にひたるまではおれとしてもおちつかねえのさ、おれはそういう男なのさ、まあだけどいまはおまえの家ぞくにめんじて見のがしてやる、おまえに家ぞくがいるかどうか知らんけどなと言った。

　ふたりともじりじり、べつべつのほうにさがっていきながら、グルグルうなり、クビをヨコにふって、あれをするこれをするといばってたけど、じきに黒いホオひげの小男がとび出してきて「おいもどってこいコシぬけども、ふたりともぶったたいてやるから！」と言った。

　で、そいつはホントにそうした――ふたりをつかまえて、あっちにこっちにふりまわし、ケッとばし、しばいて、なぐりたおし、おきあがるが早いかまたなぐりたおした。二分とたたないうちにふたりともイヌみたいに泣きを入れはじめ、そのあいだずっとけんぶつの連中はギャアギャアわめいて、わらって、手をたたいて「そぉらがんばれ、死体づくり！」「もういっちょ行け、わざわいのもうし子！」「いいぞ、ちびのデイヴィ！」などとどなっていた。

　そんなかんじに、しばらくのあいだそりゃもうエラいさわぎだった。おわってみるとボブともうし子

の鼻は赤いし目のまわりは黒かった。ふたりともちびのデイヴィにクビねっこつかまれて、おれたちはコシぬけです、おくびょうものです、イヌといっしょにメシ食うねうちもニガーといっしょに酒のむねうちもありませんと言わされた。それからボブともうし子とでおそろしくまじめな顔であくしゅして、おれたちいままでずっとおたがいいちもくおいてきたよな、これまでのことは水に流そうなと言いあった。とゆうわけでふたりとも川で顔あらってたら、もうじき流れがかわるぞ、位置につけ、と大声でめいれいが出て、何人かは前のほうに行ってオールにつき、のこりはうしろに行ってうしろのオールについた。

「ふたりともなぐりたおした」

おれはじっとヨコになったまま十五分待って、だれかがそこらへんに置いてったパイプをすっていた。じきに流れがかわる場しょもすぎて、みんなのそのそもどってきて、酒をまわしてまたしゃべったりうたったりやりだした。

つぎにふるいフィドルを出してきて、だれかがひいて、べつのだれかがジューバ〔アフリカ起源のダンス〕をやって、ほかの連中もむかしながらのキールボート・ブレークダウン〔川船の船乗りたちに人気のあった黒人風ダンス〕をおどりだした。でもいくらもやらないうちにイキが切れてきて、じきにまたみんな酒ビンをかこんですわりこんだ。

昔ながらのブレークダウン

いせいのいいコーラスで「たのしいくらしさ　いかだ乗り」をうたってから、いろんなブタどうしのちがい、それぞれのしゅうせいの話をやりだして、そのつぎは女どうしのちがい、それぞれのやりかたの話をして、それから家の火じはどう消すのがいちばんかを話して、インジャンをどうしたらいいかを話して、王さまってのはなにをするものか、いくらもらえるのかを話して、ネコどうしケンカさせるにはどうするか、だれかがひきつけを起こしたらどうするか、すんだ水の川とにごった水の川はどうちがうかを話しあった。エドって呼ばれてる男が言うには、ミシシッピのにごった水のむほうがオハイオのすんだ水のむよりカラダにいいそうで、このきいろいミシシッピの水を半リットルばかり置いておくと、まあ川の水の高さにもよるけどだいたい一センチから二センチのドロが底にたまって、そうなるとオハイオの水とかわらなくなっちまう、ずっとかきまわしとくのがだいじなんだ、もし水がひくかったら手もとにドロを置いといてちゃんとにごらしてやらなきゃいけないんだとエドは言った。

するとわざわいのもうし子も、そのとおり、ドロにはえいようがあるんだよ、ミシシッピの水をのめばその気になりゃハラのなかでトウモロコシそだてられるんだぜと言った――

「はかばを見りゃわかることさ、シンシナティのはかばじゃ木もロクにのびやしねえけど、セントルイスのはかばだったら二十五メートルはゆうに行く。これもみんな、うめられるまえに人げんがのむ水のせいなのさ。シンシナティの死体じゃ、土がぜんぜんこえねえんだ」

それからこんどは、オハイオがわの水はミシシッピの水とまじわりたがらないってゆう話がはじまった。エドが言うには、オハイオの水がひくいときにミシシッピが上がってると、ミシシッピの東がわは百キロかもっと、すんだ水の広いスジがずうっと見えるけど、岸から五百メートルばかりはなれて、線をこえたとたん、あとはずうっとむこう岸までにごってきいろくなってるんだそうだ。

そうしてつぎは、タバコの葉っぱがカビないようにするにはどうするかって話、そこからユウレイばなしになって、みんなさんざん他人が見たユウレイの話をしたけど、そこでエドがこう言った――

「おまえらたまには、じぶんが見たものの話、したらどうだ？　ここはひとつおれがやらしてもらおう。五年まえ、このくらいおっきないかだにのってて、まさにこのあたり、あかるい月夜の晩で、時こくはちょうど午前れい時をまわったところで、おれは見はりに出ていて、右げん前方のオールをうけもってた。で、なかまのひとりがディック・オールブライトって男で、おれがすわってるあたりにやってきたんだが、こいつがやたらあくびをしたりのびをしたりしてる。で、いかだのへりにしゃがみこんで、川の水で顔あらってから、おれのとなりにすわりこんでパイプ出して葉っぱつめたところで顔上げて『よう、あのへんバック・ミラーのうちじゃねえか、あすこの曲がりめのあたり？』って言ったんだ。で、『そうだよ、なんで？』ってきいたら、ディックのやつパイプを置いて、アタマをかたむけて片手によっかからせて『もっと先まで来てるとおもってたんだけどな』って言ったんだ。それでおれは『おれもそう

おもったんだよ、さっき見はりがおわったときにさ』――見はりは六時かんやって六時かん休むんだ――『だけどみんなに言われたんだ、この一時かん、このいかだほとんどうごいてないみたいだぜって。いまはちゃんとすすんでるけどな』って言ったんだ。するとディック・オールブライトのやつ、うなり声みたいなの出して、『まえもこのへんでさ、いかだがこんなふうになるの見たよ、なんかこの曲がりめの先ってさ、この二年ずうっと流れがとまってるみたいなんだよ』って言った。

　で、やつは二どか三どカラダをのばしては、川のとおくをあちこち見ていた。それでおれも気になってきてさ。人がなんかやってるの見てると、べつにイミないかもっておもっても、ついやっちゃうんだよな。そのうちに、右げんのほう、ななめうしろに、なんか黒いものがうかんでるのが見えた。見ればディック・オールブライトもそっちを見てる。で、『なんだ、あれ？』っておれが言うと、ディックのやつ、なんかふきげんなかんじで『ふん、ただのカラッポのたるさ』って言ったんだ。それでおれが『カラッポのたるだって！　おいおい、おまえの目、ぼうえんきょうの百ばい見えるらしいな。どうしてわかるんだよ、カラッポのたるだって？』ってきいたら、やつは『よくわからん。どうやらたるじゃねえみたいだな――さっきはそうかもっておもったんだが』と言ったんで、それでおれは『まあたるかもしれねえし、なんだとしたってフシギはねえさ、こんなにとおくちゃなんにもわかりやしねえよ』って言ったんだ。

　ほかにすることもないんで、ふたりともそのままそいつを見てた。じきにおれが『なあディック・オールブライト、あれさ、だんだんこっちに近づいてきてるみたいだぜ』って言ったら、ディックのやつ、なんにもこたえやしない。で、それがじわじわすこしずつよってくるんで、こりゃあきっと、くたびれ

たイヌかなんかだなとおれはふんだ。でだ、流れがかわるところにいかだがはいってったら、月光にあかるくてらされた水をそいつがプカプカよこぎってきてさ、たまげたことに、ホントにたるだったんだよ。

それでおれが『なあディック・オールブライト、どうしておまえあれがたるだとおもったんだよ、一キロ近くはなれてたってのにさ』ってきいたら、ディックのやつ、『わからんね』って言うんで『かくすなよ、ディック・オールブライト』って言ったら、『いや、とにかくおもったんだよ、あれはたるだって。前にも見たことあるんだ、見たやつはおおぜいいるんだよ、あれはユウレイだるだってみんな言ってる』って言うんだ。それでほかの見はりのやつらを呼んでこっちへ来させて、ディックが言ったことを聞かせたのさ。で、たるはいかだのヨコにうかんでて、もうそれいじょう先へは行かなかった。五、六メートルはなれてたかな。いかだにのっけようぜって言うやつもいたけど、よそうって言うやつのほうが多かった。あれに手ぇ出したいかだはみんなたたりにあうんだってディック・オールブラ

謎の樽

イトは言ったけど、おれはそんなの信じねえぞって見はりがしらが言った。あれが追いついてきたのは、あっちのほうがすこし流れがはやいからだよ、じきにいなくなるさと見はりがしらは言った。

それでみんなほかのこと話しはじめて、うたをうたって、ブレークダウンおどって、それもすむともう一曲うたおうぜって見はりがしらが呼びかけたんだけど、空はだんだんくもってくるし、たるもおなじところからぜんぜんうごかないんで、うたってもいまひとつもりあがらなくて、けっきょくおしまいまでうたわずに、かっさいもなしにしりきれトンボになっちまって、すこしのあいだだれもしゃべらなかった。そのうちにみんないっぺんにしゃべりだそうとして、ひとりなんかジョークをとばしたんだけどぜんぜんきまらなくてだれもわらわなかった。なにしろジョーク言った本人だってぜんぜんわらわないんだ、それってフツウじゃないよな。で、みんななんか暗い顔でだまりこくって、たるをながめて、どうにもいごこちがわるかった。そしたらだ、いきなりすうっとまっ暗やみになって、風がうめくみたいにふきはじめたとおもったらもうつぎはイナズマがひかってカミナリがゴロゴロ言いだした。じきにしっかりホンモノのあらしになって、そのさなかにうしろにむかって走ってたやつがすべってころんで足クビをねんざして、あんまりひどいんでねてるしかなかった。おれたちみんな、やれやれとばかりクビよこにふったね。で、イナズマがひかるたびにあのたるが見えて、まわりで青い光がピカピカしてる。おれたちはずっとたるから目をはなさなかった。でも夜あけ近くになって、たるはいなくなった。夜があけると、どこにも見えない。ざんねんなんて気もちはなかったね。

ところがつぎの夜、九時半ごろ、さんざんうたったりさわいだりしてたら、またたるが出てきて、きのうとおんなじ右げんの位置についた。さわぎもいっぺんにしずまったね。みんないんきな顔になった。

だれもしゃべらなかった。だれかになにかやらせようとしても、だれもがむっつりたるを見てるだけだった。じきに空がまたくもってきた。見はりがこうたいすると、おわったやつらはねどこにはいらずそのまま起きてた。あらしはひと晩じゅうあれくるって、そのさなかにまたひとりつまずいて足クビねじって、ねどこにひっこむしかなかった。日の出まぢかにたるはいなくなったけど、いなくなるところを見たやつはひとりもいなかった。

「じきにしっかりホンモノのあらしになった」

一日《いちんち》じゅう、だれもがしんみょうな顔でふさぎこんでた。酒に手ぇつけないときのしんみょうさとはちがうんだ。それとはちがう。みんなしずかだったけど、酒はいつもいじょうにのんだ——いっしょにじゃなくて、ひとりひとりコソコソすみっこに行って、ひっそりのんでるのさ。

夜になると、見はりがおわったやつらもねどこにはいらなかった。だれもうたわず、だれもしゃべらず、でもみんなバラバラにはなれもしなかった。なんとなく背中まるめて前のほうにかたまって、二時かんずっと、ぴくりともうごかずに、おんなじほうをじいっと見て、ときどきふうっとおっきくためイキつくんだよ。やがて、たるがまた出てきた。いつもの位置についた。ひと晩じゅ

うそこにとどまって、だれもねどこにはいらなかった。あらしがまた、午前れい時をすぎてからやってきた。あたりはものすごく暗くなった。雨がざあざあ降ったし、ひょうも降った。かみなりはゴロゴロ、ドカーン、グワーンと来るし風はまるっきりハリケーンだし、イナズマがなにもかもをギラギラつつんでいかだのすみからすみまで昼まみたいにあかるくてらして、川は牛にゅうかよってゆうくらい白くなった水がはねてるのが何キロもむこうまで見えて、で、たるはあいかわらずひょこひょこゆれてる。かしらが見はりのやつらに、うしろのオールについて流れがかわるのにそなえろって言ったのに、だれひとり行こうとしない。もうねんざはゴメンですよ、ってわけさ。うしろへあるいて行こうともしない。そのとき、ドカーンと音がして空がまっぷたつにわれて、うしろで見はってたやつがふたりイナズマにあたって死んで、ふたりが足をやられた。どうやられたかって？　足クビをねんざしたんだよ！

夜あけまぢか、イナズマのはざまの暗いときにたるはいなくなった。その日は朝メシなんてだれひとりなんにも食えなかったね。あとはみんな、二人、三人でつるんで、そのへんでぼそぼそ小声でしゃべってた。だけどだれも、ディック・オールブライトとはつるもうとしない。だれもがよそよそしかった。ディックが寄ってくると、みんなこそこそはなれてく。ディックとおなじオールにつくやつはひとりもいなかった。かしらに言われて、ボートはみんないかだの上、かしらのウィグワムのそばに上げてあった。かしらは死人を陸《おか》にあげてまいそうさせようとはしなかった。死人をはこんで陸にあがったやつは二どともどってこないからって言うんだ。そりゃまあそうだよな。

夜になると、もういっぺんあのたるが出てきたらこりゃきっと厄介《トラブル》になるぞっておもえた。なにしろみんないんきにブツブツ言ってるんだ。ディック・オールブライトを殺しちまおうって言うやつもおお

ぜいいた。やつはいままでなんべんもあのたるを見てきたわけで、それがいけねえって言うんだ。やつを陸にあげようって言うやつもいた。もしまたたるが出てきたらみんないっしょに陸にあがろうぜって言ったやつもいた。

こんなかんじのヒソヒソ話がずっとつづいて、みんな前のほうにあつまってたるが来ないか見はってたら、あんのじょう、また出てきた！　ゆっくり、ちゃくちゃくとすすんできて、いつもの場しょにとまった。おそろしくしずかだった。と、かしらが来て、『おまえら、子どもやアホウのむれじゃあるまいし、おれはこんなたるにオーリンズまでずっとつきまとわれるなんてゴメンだからな、おまえらだってそうだろ。だったら、やめさせるにはどうしたらいい？　もやせばいいんだよ。それにかぎる。まずはあいつをいかだに上げるぞ』と言った。で、だれが口をはさむまもなく、かしらは川にはいっていった。

「ふたりイナズマにあたって死んだ」

たるまで泳いでいって、押してもってくると、みんなおなじほうに逃げた。ところがかしらがたるをいかだに上げて、ふたをわると、なかにあかんぼがいた！　そう、すっぱだかのあかんぼだ。それはディック・オールブライトのあかんぼだった。ディックがそうはくじょうしたんだ。

『そうだよ、おれの子だよ』とディック・オールブライトはその上にかがみこんで言った。『おれのかわいそうな、かわいい子だよ、わがさちうすきかえらぬいとし子チャールズ・ウィリアム・オールブライトだよ』――なにしろディックはその気になりゃさいこうに気のきいたコトバをひねりだして、くもなくならべてみせるのさ。やつが言うには、そう、おれはむかしこの曲がりめの先にすんでいて、ある晩、泣いてた子どもをしめ殺しちまったのさ、そんなつもりはなかったんだが――これはたぶんウソだったとおもうね――それでこわくなって、女房がかえってくる前に子どもをたるのなかにつっこんで、家を出て、北へ行っていかだ乗りになったんだ、たるに追いかけられるようになってこれで三年めだとやつは言った。はじめはいつもたいしたことないたたりからはじまって、四人死ぬまでつづいて、あとはもうたるは出てこない、だからあんたらがもうひと晩だけつきあってくれたら――とかなんとかディックはえんえんしゃべったけど、男たちのガマンももうげんかいだった。ディックを陸にあげてリンチにかけようと、みんなでボートを出しかけたが、やつはいきなり子どもをつかんで、ぎゅっとムネにだきしめてナミダをながしながら川にとびこんで、おれたちはもう二どと、あわれディック・オールブライトをこの世で見なかったし、チャールズ・ウィリアムを見もしなかった」

「だれがナミダながしてたんだよ?」とボブがきいた。「オールブライトか、あかんぼか?」

「きまってるだろ、オールブライトだよ。言っただろ、あかんぼは死んだって。三年前に死んだんだよ、泣けるわけねえだろ」

「泣けるかどうかはどうだっていいさ――それよりどうやって、三年ももったんだよ?」とデイヴィがきいた。「そこがききたいね」

「知らねえよ、どうやってもったかなんて」とエドは言った。「とにかくもったんだよ――おれはそれしか知らねえよ」
「でさ、たるはどうしたわけ？」とわざわいのもうし子がきいた。
「それがさ、川にほうりこんだらさ、なまりみたいにしずんじまったんだ」
「エドワード、その子ども、しめ殺されたみたいに見えたか？」とだれかがきいた。
「かみの毛は左右にわけてたか？」とべつのやつがきいた。
「たるにはどんなやきいんがはいってた、エディ？」ビルと呼ばれてる男がきいた。
「おまえそういう話のしりょうとかもってるのか、エドマンド？」とジミーがきいた。

「いきなり子どもをつかんだ」

「なあエドウィン、おまえイナズマで死んだひとりなわけ？」とデイヴィがきいた。
「ひとり？　ひとりじゃねえよ、ふたりともこいつなんだよ」とボブが言った。みんなあははとわらった。
「ようエドワード、おまえクスリのんだほうがよくねえか？　顔いろわるいぞ――気ぶんとかよくないんじゃねえか？」とわざわいのもうし子がきいた。
「さあエディ、出せよ」とジミーが言った。

「エドはカッとなって立ちあがった」

「おまえ、そのたるのかけら、しょうこにとっといたんだろ。見せろよ、たるの口とか――なあ――そしたらおれたちも信じるからさ」

「よぉ、みんなでわけようぜ」とビルが言った。「おれたち十三人いるだろ。おれこのホラばなし、十三分の一ならのみこめるよ、のこりをおまえらがひきうけてくれたら」

エドはカッとなって立ちあがり、おまえらのこらず地ごくに落ちちまえとかなんとかさんざんののしって、まだぶつぶつアクタイつきながらうしろのほうにあるいていった。みんなわめいたりはやしたてたりほえたりゲラゲラわらったり、一キロいじょう先からもきこえそうだった。

「さ、みんな、スイカでもわろうぜ」とわざわいのもうし子が言って、おれがかくれてる板のたばをゴソゴソさぐって、暗いなかで手がおれのからだにさわった。とうぜんおれはあったかくて、やわらかくて、ハダカだ。もうし子は「いてっ！」と言ってうしろにとびのいた。

「ランタンか、もえてるマキもってこい――ここにウシみたいにでっかいヘビがいる！」

それでみんなランタンもってかけよってきて、のぞきこんでおれを見た。

「出てこい、このコジキ！」ひとりが言った。

「だれだ、おまえ？」べつのやつが言った。

「なにがめあてだ？　さっさとこたえろ、さもねえと川になげこむぞ」

「さあ、ひっぱり出せ。かかとつかんで、ひきずり出すんだ」

カンベンしてください、とおれは言って、ブルブルふるえながらやつらの前にはい出た。みんなクビをかしげておれを上から下まで見て、じきにわざわいのもうし子が

「だれだ、おまえ？」

「このこそドロが！　だれか手をかせ、川にほうりこむんだ！」と言った。

「いやいや」とビッグ・ボブが言った。「ペンキ出してこいよ、アタマから足まで空いろにぬるんだ、それからほうりこむんだよ！」

「うん、それだ！　ペンキとりに行けよ、ジミー」

ペンキが来ると、ボブがはけをもって、いまにもぬりはじめようとして、ほかの連中はゲラゲラわらって両手をこすってて、おれは泣きだした——そしたらデイヴィがなんとなくほだされたみたいで

「ちょっと待て！　こいつまだほんの子どもじゃねえか。

この子にユビいっぽんでもふれてみろ、おれがそいつにペンキぬってやる！」

とゆうわけでデイヴィがみんなをにらみまわしたんで、ブツブツ言ったやつもいたけど、けっきょくボブもペンキをおろして、だれもそれに手をのばそうとはしなかった。

「おい、たき火のほうに来な、おまえがなにしに来たのか、ひとつ聞かせてもらおうじゃねえか」とデイヴィは言った。「さ、そこにすわって、じぶんのこと話しな。いつからこのいかだに乗ってた？」

「十五びょうも乗ってません」とおれは言った。

「なんでそんなにはやくからだがかわいた？」

「わかりません。おれ、いつもこうなんです、だいたい」

「ふん、そうなのか。おまえ、名まえは？」

おれはじぶんの名まえを言うつもりはなかった。なんて言ったらいいかわからないんで、とりあえず「チャールズ・ウィリアム・オールブライトです」と言った。

するとみんながゲラゲラわらった――ひとりのこらず。こう言って正かいだとおれはおもった。わらわせとけば、みんなきげんがよくなるんじゃないか。

わらいがおさまると、デイヴィが言った――

「その手はダメだ、チャールズ・ウィリアム。五年でそんなにおおきくなるわけねえだろうが。いいか、たるから出てきたとき、おまえはあかんぼだったんだぞ、しかも死んでたんだ。さあおい、しょうじきに話せ。なにもわるいことしてねえんだったら、だれもいたい目にあわせたりしねえから。なんなんだ、おまえの名まえ？」

「アレック・ホプキンズです。アレック・ジェームズ・ホプキンズです」
「で、アレック、おまえ、どうやってここへ来た？」
「しょうばい用の平ぞこ舟に乗ってきたんです。舟、あっちの曲がりめにとまってます。おれ、その平ぞこ舟でうまれたんです。とうちゃんは一生ずっと、このへん上ったり下ったりしてしょうばいしてます。で、ここまで泳いでいけってとうちゃんに言われて——とうちゃんこのいかだがとおったの見て、乗ってる人のだれかに、ケアロのジョナス・ターナーさんのところに行って、伝えてもらえないかって——」

「チャールズ・ウィリアム・オールブライトです」

「ふん、なに言ってんだ！」
「ホントなんです。とうちゃんが言うには——」
「なぁにがとうちゃんだ！」
みんなゲラゲラわらって、おれはまたしゃべろうとしたけど、だれかがわってはいっておれをだまらせた。
「なあ、いいか」とデイヴィが言った。「おまえはこわがってる。そのせいでメチャクチャ言ってるんだ。ホントのこと言え、おまえ平ぞこ舟でくらしてるのか、それともそれってウソか？」
「ホントです、しょうばい用の平ぞこ舟なんです。

あの曲がりめの先にとまってます。でもおれがそこでうまれたってのはウソです。おれたち、今夜はじめてこの舟に乗ってきたんです」

「やっとマトモになってきたな！　で、なんでこのいかだに乗りこんだんだ？　なにかぬすもうってか？」

「いえ、ちがいます。ただ乗りたかっただけなんです。男の子はだれだって乗りたいですよ、いかだ」

「うん、それはわかってる。でもおまえ、なんだってかくれた？」

「だって、見つかると追いはらわれたりするじゃないですか」

「まあそうだな。ぬすみはたらくやつもいるからな。おいいいか、今回はカンベンしてやる。そしたらもうこんなマネやめるか？」

「はい、やめます。ホントに」

「よかろう。ここから岸までいくらもねえしな。さあ川にはいれ、もう二どとこんなマネするんじゃねえぞ。さっさと行け、ヘタないかだ乗りに会ったら、おまえ、ムチで死ぬほどブッたたかれるぞ！」

わかれのキスなんて待ちもせず、おれは川にとびこみ、岸めざして泳いでいった。じきにジムがやっ

てきたころには、おおきないかだはもうみさきをまわって見えなくなってた。おれはじぶんたちのいかだに乗りこんだ。家にもどってこられて、ものすごくうれしかった。

ケアロまでどれくらいあるのかわからなかったってこと、おれはしぶしぶジムにつたえた。ジムはずいぶんガッカリしていた。

(ここから『ハックルベリー・フィンの冒けん』一六一ページうしろから四行目「することといってもいまは……」につながる)

編著者あとがき

　この本は、もちろんこの本自体を楽しんでいただくのが第一の目的だが、加えて、ここからほかのマーク・トウェインの本、マーク・トウェインに関する本に進んでいただけたらさらに嬉しい。なので最後に、日本語で読める主なハック・フィン／マーク・トウェイン文献を挙げておく。

〈翻訳〉

マーク・トウェイン・コレクション　彩流社、1994–2012。
　全20巻、トウェインの主要作品がひととおり読める。
トウェイン完訳コレクション　角川文庫、2004–17。
　大久保博の個人訳、全15作品（電子書籍含む）。
『マーク・トウェイン』柴田元幸編　集英社文庫ヘリテージシリーズ
　文庫本一冊でトウェインの全体像をある程度知ることができる。中垣恒太郎による、英語文献一冊一冊の解説が特に充実している。
『不思議な少年』『人間とは何か』中野好夫訳、岩波文庫、1969、1973。
『トム・ソーヤーの冒険』『ハックルベリー・フィンの冒険』（上下巻）土屋京子訳、光文社古典新訳文庫、2012、2014。
『トム・ソーヤーの冒険』『ジム・スマイリーの跳び蛙　マーク・トウェイン傑作選』柴田元幸訳、新潮文庫、2012、2014。
『マーク・トウェイン　ユーモア傑作選』有馬容子・木内徹訳、彩流社、2015。
『マーク・トウェイン　完全なる自伝』全3巻　和栗了ほか訳、柏書房、2013–18。

〈評伝・研究書など〉

亀井俊介『マーク・トウェインの世界』南雲堂、1995。
　評伝と個人的意見をバランスよく配した、『ハックルベリー・フィンの冒険』出版までの流れを明快に示してくれる一冊。トウェインを深く知ろうと思ったらまずはこの一冊から。

後藤和彦『迷走の果てのトム・ソーヤー　小説家マーク・トウェインの軌跡』松柏社、2000。

マーク・トウェインが小説を書く営みを、南部的なるものを複雑なかたちで抱えていた過去の自分サム・クレメンズを葬りかつ再創造しようとした企てとして読み解く。その企てがあらかじめ挫折を運命づけられていたことにある種の英雄性を見る、熱い研究書。

亀井俊介監修『マーク・トウェイン文学／文化事典』彩流社、2010。

マーク・トウェイン全般に関する、きわめて有用な百科事典。

渡辺利雄『講義 アメリカ文学史［入門編］』研究社、2011。

アメリカ文学の流れのなかでトウェイン、『ハック・フィン』を考えたければ文学史を。文字どおり入門編がこの本で、上級編は第II章に挙げた平石貴樹『アメリカ文学史』（松柏社、2010）。

中垣恒太郎『マーク・トウェインと近代国家アメリカ』音羽書房鶴見書店、2012。

刻々変化しつつあったアメリカという国家のイデオロギーや価値観によって「マーク・トウェイン」という国民作家がつくられ、またそれらをつくり返していった相互的な過程を丹念にたどった研究書。

竹内康浩『謎解き「ハックルベリー・フィンの冒険」　ある未解決殺人事件の深層』新潮選書、2015

ハックの父を殺したのは誰か？『ハック・フィン』を推理小説として読み、作者の心理の深層に切り込んでいく異色の一冊。本書に基づき英語で書かれた *Mark X: Who Killed Huck Finn's Father?* (2018) はエドガー賞評論評伝部門にノミネートされた。

本書は『ハックルベリー・フィンの冒けん』拙訳刊行でも何から何までお世話になった研究社の金子靖さんの発案で生まれた。またこれも『冒けん』に続いて、中垣恒太郎さんには専門家の視点から有用なアドバイスをいただき、平野久美さんと田辺恭子さんは綿密な文章チェックをしてくださった。皆さんにあつくお礼を申し上げます。第I部は、『English Journal』（アルク）2018年5月号に掲載された特集記事「大人のためのハックルベリー・フィン入門」に基づいている。この記事を発案・担当してくださった『English Journal』編集長の水島潮さんに感謝する。また、この本のために素晴らしい文章を書き下ろしてくださったレアード・ハント、レベッカ・ブラウン、スティーヴ・エリクソン三氏に感謝する。

2019 年 9 月　　　　　　　　　　　　　　　　　　　　　　　　柴田　元幸

マーク・トウェイン（Mark Twain, 1835-1910）

アメリカ合衆国の小説家。ミズーリ州フロリダ生まれ、同州ハンニバルで育つ。本名サミュエル・ラングホーン・クレメンズ（Samuel Langhorne Clemens）。西部・南部・中西部の庶民が使う口語を駆使した作品によってその後のアメリカ文学に大きな影響を与えた。『トム・ソーヤーの冒険』（1876）のほか数多くの小説や随筆を発表、世界各地で講演も行ない、当時最大の著名人の一人となる。無学の少年ハックルベリー・フィン自身の言葉で語られる『ハックルベリー・フィンの冒けん』（イギリス版 1884 年、アメリカ版 1885 年）はなかでも傑作とされ、アーネスト・ヘミングウェイは『アフリカの緑の丘』で「今日のアメリカ文学はすべてマーク・トウェインのハックルベリー・フィンという一冊の本から出ている」と評した。

編著者

柴田元幸（しばた もとゆき）

翻訳家、東京大学名誉教授。東京都生まれ。ポール・オースター、レベッカ・ブラウン、スティーヴン・ミルハウザー、スチュアート・ダイベック、スティーヴ・エリクソンなど、現代アメリカ文学を数多く翻訳。2010 年、トマス・ピンチョン『メイスン＆ディクスン』（新潮社）で日本翻訳文化賞を受賞。マーク・トウェインの翻訳に、『ハックルベリー・フィンの冒けん』（研究社）、『トム・ソーヤーの冒険』『ジム・スマイリーの跳び蛙──マーク・トウェイン傑作選』（新潮文庫）、最近の翻訳に、スチュアート・ダイベック『路地裏の子供たち』、スティーヴン・ミルハウザー『私たち異者は』（白水社）、編訳書に、レアード・ハント『英文創作教室 Writing Your Own Stories』（研究社）など。文芸誌『MONKEY』、および英語文芸誌 *Monkey Business* 責任編集。2017 年、早稲田大学坪内逍遙大賞を受賞。

編集協力　青木比登美・平野久美・田辺恭子
社内協力　小倉宏子・高見沢紀子

『ハックルベリー・フィンの冒《ぼう》けん』をめぐる冒《ぼう》けん

● 2019 年 10 月 31 日　初版発行 ●

● 編著者 ●

柴《しば》田《た》元幸《もとゆき》

発行者 ● 吉田尚志

発行所 ● 株式会社　研究社

〒102-8152　東京都千代田区富士見 2-11-3

電話　営業 03-3288-7777（代）　編集 03-3288-7711（代）

振替　00150-9-26710

http://www.kenkyusha.co.jp/

KENKYUSHA

装丁 ● マルプデザイン（清水良洋）

組版・レイアウト ● 古正佳緒里

印刷所 ● 研究社印刷株式会社

ISBN 978-4-327-48168-1 C0098　Printed in Japan